上册

宏绣龙文

王洪荣 ◎ 著

中国财富出版社有限公司

图书在版编目（CIP）数据

宏绣龙文. 上册 / 王洪荣著. -- 北京：中国财富出版社有限公司, 2024.

12. -- ISBN 978-7-5047-8360-8

Ⅰ. I227

中国国家版本馆CIP数据核字第2024C3A756号

策划编辑	李彩琴　郝婧婕	**责任编辑**	贾紫轩　陆　叙	**版权编辑**	李　洋
责任印制	梁　凡	**责任校对**	张莹莹	**责任发行**	杨恩磊

出版发行　中国财富出版社有限公司

社　　址　北京市丰台区南四环西路188号5区20楼　　**邮政编码**　100070

电　　话　010-52227588 转 2098（发行部）　　　010-52227588 转 321（总编室）

　　　　　　010-52227566（24小时读者服务）　　　010-52227588 转 305（质检部）

网　　址　http://www.cfpress.com.cn　　**排　　版**　宝蕾元

经　　销　新华书店　　　　　　　　　　　　**印　　刷**　河北鑫彩搏图印刷有限公司

书　　号　ISBN 978-7-5047-8360-8 / I·0381

开　　本　710mm×1000mm　1/16　　　**版　　次**　2025 年 1 月第 1 版

印　　张　24.25 彩　页　8　　　　　　**印　　次**　2025 年 1 月第 1 次印刷

字　　数　344千字　　　　　　　　　　**定　　价**　98.00 元（全2册）

张红雨

北京市海淀区元源新文化促进中心理事长兼主任。中国决策学创始人张顺江之女，"两弹一星与海淀"文史研究者，巡回展策展人。专注于中国传统文化、美学及"两弹一星"红色文化研究，十五年间为社会各界人士讲解累计千余场。

致公党党员，先后担任致公党北京市委文化工作专委会常务副主任、致公党中央文委委员，北京致公书画院常务副院长，北京致公爱心专项基金理事，北京三生环境与发展研究院副院长，中国发展战略学研究会理论专业委员会委员，石景山政协委员，连续十年获致公党优秀干部及优秀党员表彰。1995年由科学普及出版社出版其作品《诸葛亮的神机妙算与决策科学》。"歌唱祖国"全国巡回演唱会、宏绣龙文科技研学基地、宏绣龙文励志诗朗诵赛活动发起人。

任淑美

华佗五禽戏第58代传承人。1982年习武，毕业于北京体育大学武术专业，国家级优秀社会体育指导员，多年习练五禽戏，深得五禽戏真谛。在挖掘整理、推广普及、创新提升方面做了大量的工作，被多家单位聘请为五禽戏总教练，弟子遍及国内外，为华佗五禽戏申报国家级非物质文化遗产做出了突出的贡献。

曾获全国群众体育先进个人，安徽省先进工作者，全国

群众最喜爱的社会体育指导员，获市政府津贴。安徽省第十二届人大代表，安徽省第十二届妇女代表，谯城区第十四届政协常委，谯城区第十七届、第十八届人大常委。现任宏绣龙文五禽戏培训基地教练。

多次荣获国内外五禽戏冠军。例如：安徽省第一届五禽戏大奖赛总决赛个人冠军；安徽省第十五届健身气功五禽戏比赛第一名，气舞第一名；安徽省健身气功网络比赛健身气功五禽戏、健身气功大舞、健身气功马王堆导引术第一名；2015年中国亳州国际健身气功博览会五禽戏一等奖；2018年中国池州健身气功博览会五禽戏、八段锦、易筋经一等奖；第三届欧洲健身气功运动会健身气功五禽戏、健身气功大舞一等奖；全国健身气功站点总决赛健身气功五禽戏一等奖；全国健身气功五禽戏网络比赛一等奖；等等。

序一

于生活中打捞诗意的珠贝

诗人王宏[①]，前不久将诗集《宏绣龙文》交给我，并嘱："您是行家，为我作个序吧！"

看着她诚挚信赖的目光，我诚惶诚恐起来。我深知：无论是创作还是鉴赏，都属于创造性的审美活动。而深谙诗歌之道者，方是诗的行家里手。我虽在文学江湖闯荡了一辈子，说到底只是个"为他人作嫁衣裳"的编辑，一个职业阅读者。虽也喜欢诗，少时做过文学梦，还写过诗，但充其量是个对诗略知一二的半吊子，如何能称得上"行家"？

懂诗的评家，大多有天生的禀性，加上苦读诗书，沉浸诗海，万般磨砺，练就洞见诗格的审美、判断力和艺术直觉，即行家眼光。凡诗一上眼，其审美价值、情感性质、风格特色及境界高低，行家便了然于心，几语道破，言他人之未见未说之妙理。

即便是懂诗的大家，其对诗的判断也不断变化。写完《李叔同传》躲在书斋，闲读唐诗，观"唐人选唐诗"的流变，发现初唐行家们推举李白为首，中期李白、杜甫并选，而晚唐的排名已是杜前李后了。从唐诗选本的易帜可清晰地看到读者、诗评家对诗及诗人的审美评价，是不

---

① 王宏，即本书作者，此为曾用名，笔名思萌。

断变化的，可惜我们的文学史对此并未多加注意。对于现当代诗，读者和行家的审美更是发生了巨大的变化。作为行外人，岂能轮到我说诗论道？！

不是行家并非不能谈作为读者的感受，记得早年读鲁迅，好像他曾用厨师和食客的关系，比喻作家（诗人）和批评家之间的关系，于是我也联想到一般食客与美食家的关系，就像外行人与行家读诗产生的差异和不同意趣一样。这样，我作为食客按自己的口味品评川、鲁、粤、淮扬菜系的饭菜品质就没负担，可以畅所欲言了。

另外，我之所以不揣冒昧浅陋，答应为诗人王宏的诗集作序，也缘于我们相识二十多年，尽管她在商海沉浮，但她从未远离诗，一直坚持赋诗放歌，把诗视为生命的重要部分，事业、诗歌并重，让生活充满诗意。她选择了诗，诗也回馈了她。

以我对文学艺术的粗浅认识，我在读王宏的诗时，发现她与那些专业诗人将诗视为纯粹内视点艺术，有所不同甚或相悖。她把诗人从缥缈的云端，生生地拉到沸腾现实生活的地面，从平凡的日常生活与时代变革的岩浆中，打捞诗意的珠贝，挖掘英勇的魂魄，倾诉她对家国的热爱，抒发她对美好生活的赞颂。于是在她的诗中，我也发现了诗人王宏本人。须知，并不是从所有诗人的诗作中，都能见到诗人本人的。有些诗趋同化，毫无诗的个性，千篇一律，面目相同，甚至虚张声势，忸怩作态，充斥着假象或戴着花哨的面具，放逐着物欲贪婪的浊气。

诗人王宏，以诗的语言，诗的韵律，诗的形式，进入了我的感受。她的诗像一支隆重的乐曲，在我的精神时空中回荡、延伸……

以我并不专业的诗性表述，王宏的诗朴素自然，但不乏有耀眼夺目、振聋发聩的劲头；王宏的诗并不柔韧、蕴藉，但平实而谐趣，读来如同嚼橄榄，耐人寻味。王宏的诗少用晦涩的语言，却以"白话"入诗；且莫小觑"白话"，它一旦入诗，便让人感到亲切、新鲜、形象。

从新文化运动开始，诗就向叙事性和日常生活发展，白话也随之成为诗的活的语言，王宏的诗是个成功的范例。

王宏的诗自然也有不足，比如过于直白，缺乏典雅之气。古人论诗，有所谓"日锻月炼"，指的就是这种殚精竭智的苦吟。经过这番锻炼，作品就能在短小的、有限的艺术形式中蕴含丰富的、复杂的意味，就会有弦外之音、韵外之致。多读勤练，才会有收获。

王宏是一位业余诗人，我从她的事业中看到了她的创造精神，报效家国的胆识和豪气，她的诗用情独切、壮志凌云、气势博大，洋溢着无比热烈的文化情怀，呈现出一个鲜活的文化灵魂。

祝王宏在《宏绣龙文》诗集之后，再为读者奉献新作。

汪兆骞

壬寅小雪 北京抱独斋

序二

《宏绣龙文》恢宏吟龙

雨水时节，大地回春。今天，为女诗人王宏的《宏绣龙文》新诗集写序。虽说不是很情愿，因为自感水平有限，难于胜任，但感动于她的真诚与执着，又不得不写。

2022年6月11日，王宏女士将诗稿发给我时，墨迹还未干，阅后我写赞语称："笔耕不辍，硕果累累！了不起！"此后，她执意让我为其诗集作序。推辞不过，我只得提笔试之。

看到《宏绣龙文》书名诗："有一个响亮的名字/在中国至贵至尊/它的名字叫中国龙/我们都是龙的传人//有一个神秘的图腾/奇妙的马面蛇身/它象征着吉祥华贵/龙的形象融入人心//有一个成语叫骥子龙文/有一个故事叫截发留宾/有多少双眼睛饱含着期盼/蕴含着可怜天下父母心//有一卷读物叫《龙文鞭影》/五千年文明精彩绝伦/龙文里隐藏着成功的密码/愿天下学子都成为骥子龙文//我们都有一颗赤诚的心/心的名字叫宏绣龙文/用心用情绣出多彩锦绣/愿天下学子都跳上龙门"。我便知晓，此书上册适合青少年和家长阅读！

读过女诗人王宏以前的诗文，知晓她的写诗功底，了解她具有不寻常的芳心情愫。比如，《情的低语》《洞见，心灵絮语》等篇目都贴近现实、贴近生活，她把心灵、血肉和泪融进诗行，她把人生的喜怒哀乐贯穿文中，将亲情、友情、爱情升华，读之令人感慨万千，产生共鸣，或激人奋发追求，或催人泪下，或发人深思，激发人们去思考如何做人，做怎样的人，充满生活哲理，寓意悠长。她的视野开阔，笔触在纷繁的大千世界无所不及。她的文字入木三分，《致儿子》一诗蕴含着博大的母爱和希冀，表达了天下父母的共同情感！

王宏女士以前的诗多数描写女性的情感世界，或可喜可贺，或可悲可叹，或可歌可泣；还有对人生理想、美好未来的深情抒发，令人回味无穷。通过她的诗篇，可以看出，一个女性诗人无私、豁达、明慧、赤诚的形象；同时也看出她热爱生活，对追求理想执着的精神。读之扣人心弦，带给人美的享受。

我赞同女诗人王宏的观点："一个诗人无疑从现实主义的胚胎中萌芽与生长，生命的元气蓬勃地展开"，经过磨砺后，把理想化成一种对存在的追问和对现实世界的深刻体验。诗歌的感情与哲学的沉思，都源于对生命的体验。诗人是精神世界里的顽童，可以抵达纯粹的心灵。她在《洞见，心灵絮语》诗集中，有13首用灵魂作标题的长诗。她用细腻的饱含热情的笔触，刻画出了一个苦中有乐的人生。女诗人王宏的诗来自生活，透着哲理的闪闪光辉。她的诗歌用质朴生动的语言，借助铿锵的韵律，把真挚的情感和对人生哲理的领悟凝练的诗句里。读过她的诗的人，无不被她浓浓的感情、灵魂的倾诉所打动。她这一首首诗篇，一方面来自她对生活执着的爱，另一方面来自她善于学习的悟性。随着她的人生境界进一步升华，她的诗境也更加空灵了。我在王宏的新诗集付梓出版之际，赘言上述，亦是希冀祖国的未来能多得文学的润泽，珍惜宝贵时间多读书，以期更健康茁壮成长，是为序！

李天文

2023 年 2 月 19 日

序三

平淡中的真谛

前些天，诗人王宏说要出版诗集《宏绣龙文》，让我写点什么。我年轻时曾喜欢中国古典诗词，但后来阴差阳错去了一家电影理论杂志社做电影理论编辑，由此又去了一些高校讲电影理论课，也搞过一些影视创作。总之离诗歌艺术越来越远了。现在认真拜读了王宏的诗集，一时竟不知从何写起。

我是做理论的，所以周边一些朋友大都跟我一样，思维缜密，不苟言笑。但王宏不是这样，她给我的感觉就是率真，似乎率真就是她性格的全部。有一次我们应邀去参加一次座谈会，参加的有一些政府领导及学界精英。王宏好像忘了这是在论坛上发言，而更像在跟亲人倾诉情感。讲到激动时，她竟泪流满面。台下一下子寂静起来，大家听着，都被感动了。她就是这种人，率性真诚。

小时候读马雅可夫斯基的诗，当时感觉他的诗并不是字词的堆砌，而是一股革命豪情的迸发。在诗里字词已经不重要的，重要是那股沁入内心的情感。什么"赋""比""兴"，什么平仄格律，这里都不重要。王宏用平凡的文字来构建那份情感的精巧，就像吐出的一个个烟圈，渐渐地淡出，渐渐地消散，只有淡淡的烟味还似有似无地存在于人们的鼻息之间，让人回味。

　　"诗无定法"，有像杜甫的诗那样强调"为人性僻耽佳句，语不惊人死不休"的，也有像李白的诗那样"清水出芙蓉，天然去雕饰"的。王宏的诗有种"床前明月光"的感觉。重要的是，诗人王宏并不想让你猜疑这明月光是不是地上霜，是光还是霜没有意义。所以有时平淡到没有意义就产生禅意，不是吗？

姚晓蒙

2023年1月1日于上海

自序

我为少男少女们歌唱

经过半年多的紧张筹备，《宏绣龙文》新诗集，即将和大家见面了。

《宏绣龙文》创作的初心，是向青少年介绍我们国家灿烂的传统文化，比如带领大家认识二十四节气；教青少年以感恩之心，对待父母和老师；以一双诗意的眼睛，去看待五彩斑斓的世界；让同学们海纳百川，走进这个多彩的世界，养浩然正气，植高尚情操。

本书通过诗歌的形式，为大家描绘祖国的大好河山。告诉青少年人生之旅多彩多姿，青春就要憧憬未来。鼓励青少年大胆追梦，敢于站上人生的竞技舞台，去追逐浩瀚的星辰大海。

诗言志，情动于中而形于言。青少年一代，正值花季，绽放青春，追逐梦想，书写诗意人生。

诗歌，是语言的精华，是人类文明的瑰宝。诗歌之于诗季年华，是审美的灵光，是智慧的火花，是青春畅想的翅膀。

诗歌，是理想之灯，能照亮别人，也能点燃自己。所以，从孩提时代的负笈而学，我就读诗、写诗，长期潜心其中。人到中年，我依然不忘初心，砥砺前行，用满腔的热血歌唱青春，歌唱理想，歌唱星辰的灿烂和大地的芬芳。看到"码字"的清苦，我的孩子们总是劝我，让我放下手头的写作事业，含饴弄孙，颐养天年。但我谢绝了孩子们的好意，笔耕不辍。

　　人生如歌，在任何时候都应该有一分热，发一分光，照亮一段旅程。即便是桑榆晚景，也要霞光满天。我用不息的诗行，去讴歌不停升腾的梦想。

　　梦想是火，能点燃人生之路。正如歌曲《北京欢迎你》中的一句歌词"有梦想谁都了不起"。梦想是心灵的力量！人会因为时光的流逝而衰老，但只要梦想仍在，青春不会衰老。

　　愿梦想与我们共生，持久地蕴藏在我们的灵魂之中。当你抬头仰望天空的繁星时，不要忘记自己也是待燃的星火。

　　为了永葆心灵的年轻，我不停歇地奔跑，以自己的所读、所思、所得，汇成这部诗集。我相信所有读到这本书的人，都是骐骥之才，必然能够从此书中有所得、有所悟，将书中的诗句，化作内心的滋养，播种希望，收获理想。

　　《宏绣龙文》取意于成语"骥子龙文"和一本书的名字，龙文是千里马的名字，比喻国家栋梁之材。《龙文鞭影》是中国古代儿童启蒙读物，对儿童成长进步帮助很大。

　　《宏绣龙文》是我送给青少年的礼物，也是最真诚的祝福。期望大家从中受到启迪，有所裨益，健康成长，成为祖国的优秀人才。

有一个响亮的名字

在中国至贵至尊

它的名字叫中国龙

我们都是龙的传人

有一个神秘的图腾

奇妙的马面蛇身

它象征着吉祥华贵

龙的形象融入人心

有一个成语叫骥子龙文

有一个故事叫截发留宾

有多少双眼睛饱含着期盼

蕴含着可怜天下父母心

有一卷读物叫《龙文鞭影》

五千年文明精彩绝伦

龙文里隐藏着成功的密码

愿天下学子都成为骥子龙文

我们都有一颗赤诚的心

心的名字叫宏绣龙文

用心用情绣出多彩锦绣

愿天下学子都跳上龙门

王　宏

2022年2月20日凌晨

目 录

爱
国
篇

我爱你——中国

中国
多么响亮的名字
你有广袤的大地
有辽阔的海域
你有蔚蓝的天宇
有丰富的宝藏

你上下五千年
有着历史的深邃和悠远
你纵横几万里
怀抱着俊美的河流和山川

你是东方巨龙

你是亚洲雄狮
五十六个民族的儿女对你顶礼膜拜
亿万的中华儿女为你骄傲自豪
你曾历经贫寒和磨难
你曾饱受屈辱和沧桑
但你从未屈服
从未灰心
你以百折不挠的勇毅
负重前行，打造出
中华民族的新生
而今，你又信心十足地
推动着中华民族的巨轮
步入伟大复兴的征途

五星红旗

你的红色
用前辈的鲜血染成
每当你迎着朝阳
冉冉升起
我的眼里噙满了泪水
无论是炮火连天的烽烟年代

还是实现中国梦的和平时期
五星红旗都是祖国的象征
旗帜指向哪里
哪里就是我们的方向

而今

这高高飘扬的旗帜
正在指引民族复兴的航向
中华民族的巨轮

正以前所未有的速度
驶向前方

向伟人致敬

——恭迎领袖毛泽东第 129 个诞辰

129年前的今天是幸运的
它注定要被载入史册
韶山冲是幸运的
它从此开启了新的篇章
中国的历史有了新的契机
世界的格局埋下新的伏笔

我们感谢这个日子
它让一朵祥云
出现在东方的天际
预示着一场风暴
将要涤荡密布的阴霾

我们感谢这个日子

它让一幅长卷
铺展在工农大众面前
让迎风招展的红旗
描绘出一个个不朽的传奇
我们感谢这个日子
它让一曲曲凯歌
唱响辽阔的神州大地
让一个饱受屈辱的民族
展示出挺胸抬头的风姿

我们感谢这个日子
我们感谢韶山冲
它们为我们送来了救星
它们为人类送来了伟人

军　魂

雄姿如山岳

宽阔的胸膛坚挺如钢

为捍卫祖国的疆土

他们用爱的脚步丈量

每一次拉练

每一次站军姿

毒辣的太阳

通身的汗水

他们收获黝黑的脸庞

收获强劲的体魄

他们把苦累付之一笑

把最美的青春

献给绿色的军营

好男儿志在报国

祖国的一山一水

都是他们守卫的地方

这里是海疆

那里是山地

他们的眼里没有艰辛

他们的心中只有神圣的责任

他们用笔挺的脊梁

筑成祖国的钢铁长城

他们用青春和汗水

为祖国母亲保驾护航

中国年

从海南到漠北

从关东到关西

一进腊月

都是浓浓的年味

都是满满的喜庆

在外的亲人

把思念和关爱

塞满包裹

汇入春运的洪流

回家的路
永远是舒适的
悸动的幸福
如影随形

备好鸡鱼和新衣
挂起大红灯笼
贴上红彤彤的春联
还有红色的福字和窗花
孩子们放的烟花也欢快地燃起

"地球村"名副其实

如今全球无数个角落
都欢庆中华民族的盛大节日
——守岁，吃年夜饭，拜年
越来越多的国家和地区
都在中国年的氛围里
享受快乐，享受幸福
拥抱"地球村"的新时代

国旗和太阳
点亮祖国新时代的辉煌
我们在绚丽的生活里
播种金色的希望

从脱贫走向振兴

春天，油菜花绽开娇嫩的花蕊
阿婆苦涩的汗水化成了笑的模样
夏天，绿叶的蔓藤延展
阿公灰暗的眼里有了亮光
二十四个节气在四季中轮回
漫长的时光里
农村的贫困依旧不息

终于
党中央吹响了脱贫攻坚的号角

国家发展的红利
播撒向广大农村
不忘初心，牢记使命
朴素而庄严的承诺
在中华大地上徐徐唱响

看呀
红色老区，偏远地区
贫困地区，落后地区
专家学者来啦！

驻村干部来啦！

那是在做调研找穷根

那是在寻出路谋发展

看呀

村村通公路了

对口帮扶来了

招商引资新项目来了

致富政策颁布了

看呀

每一个乡镇

每一处村庄

都被这激扬的号角

唤起了蓬勃的希望

每一间房，每一处庭院

都透露出崭新的容颜

富裕和文明的星火

在落后的农村化作燎原之势

看呀

一个个民生工程开启

贫困户建档立卡

新农合大病救助

土地流转，农业补贴

新农村建设

城镇化发展

看呀

"输血""造血"并举

就业机会和技能培训齐抓

有龙头企业带动

有合作社模式

有土地入股

有农产品深加工

特色农业，绿色农业

更是层出不穷

在农业转型升级中

农民享受到了实实在在的实惠

农民拥有了更多的发展机会

啊！我们朴素而勤劳的农民呀

终于把饭碗

牢牢地捧在了自己手中

中国式扶贫成效显著

共同富裕的大道捷报频传

在乡村振兴的进一步驱动下

昔日贫困的山村

正变成和谐幸福的家园

共产党人用勤劳和智慧

构建起了人类大同的蓝图

让我们用百倍的热情　　　　　让我们用十足的干劲
拥抱新时代的风云吧　　　　　迎接伟大的中国梦吧

中华家谱

无论是周吴郑王　　　　　　传承着家族的基因
还是赵钱孙李　　　　　　　黄皮肤，黑头发
只要是中华儿女　　　　　　家庭书写的家谱
无论讲着哪国语言　　　　　汇聚成一个宏大的族谱
或是中国哪里的方言　　　　这个族谱属于中华民族
人们都铭记着
自己家族的宗亲　　　　　　我们都是中华儿女
　　　　　　　　　　　　　有着共同祖先
这是中国人的根脉　　　　　我们有着龙的根脉
华夏民族　　　　　　　　　紧连着皇天后土
就由这些绵延不断的根脉　　维系着
汇聚而成　　　　　　　　　这泱泱大国的
人们世代相传着　　　　　　千家万户
祖先的习俗

站在巨人的肩膀上

——致中关村科学城

半个多世纪前
在罗布泊的戈壁滩
蘑菇云冲天而展，如喷火的巨龙
带着巍巍华夏的威仪划破天际
向世人宣告——
中华人民共和国
从此也迈入了"核"之大国
那些威胁新中国的势力
在核威慑面前
黯然长叹，望而却步

难忘那举国欢腾的时刻
青海湖畔，磨出冲天的利剑
内蒙古草原，挽出射日的神弓
两弹一星，刺破天空
这就是泱泱华夏
展现给世人的辉煌伟业
横空出世，俯视万方
扬起了华夏烈烈雄风

这是岁月谱就的佳话

这是新中国历史上的伟绩丰功
这是中国自主研发史上
永被铭记的高峰

在京城西北
坐落着美丽的科技摇篮——中关村
中国的自主创新之路更添助力
这里缔造出中华民族的科技盛世
北大、清华、中科院的众多研究所
如颗颗明珠
中关村的科技版图硕果累累，一片葱茏

这里每天都有新的科技进展
这里每天都有计算机键盘敲击的铿锵之声
世界各地的顶尖人才百川归海
从四面八方往这里汇聚
朝气蓬勃的面庞如润泽的青禾

这里是知识的圣地

这里有着人世间最灿烂的青春

无数人将青春编进科技兴国的经纬

这里书写着奋斗和进取

这里时刻准备着奉献和牺牲

那一个个震惊世界的科技成果

如同浴火的凤凰

让祖国山河显得更加壮丽年轻

我不止一次遥望中关村

想象前人和后辈拼搏的足迹

书页上泛黄的笔迹

还有工作室里先进的设备

在这里工作的人们

都有着同样的初心和壮志

都以一双双睿智而清澈的眼睛

看窗外花开花落，斗转星移

凭栏而望，紫禁城如此美丽

却不及中关村让人心生敬意

我们生活的世界依然危机四伏

在看不见硝烟的战场里

处处是中关村人挥动的保家卫国

的施旌

在冲破壁垒赢得制胜先机的道路上

中关村人依然"舍生忘死、前赴

后继"

中关村代表的不是一个地名

不是一个群体而是一种精神

一种升腾着的蓬勃精神

一种向死而生不断超越自己的动力

它用科技成果捍卫着九百六十万

平方公里的祖国大地

它以一己之力为整个华夏的科技

奠基

时光荏苒

中关村依旧美丽

岁月山河走过这里

朝霞霓虹走过这里

人海茫茫岁月沧桑

中关村仰卧在海淀的怀抱里

沉浸在古老邈远的时空里

如一颗时空之眼静静地眺望天际

那里是布满繁星的浩瀚太空

那里喷薄出值得为之醒来的世间

黎明

如今乘着建党百年的东风

中关村再次扬起了风帆

朝向星辰大海奋力驰骋

将前进道路上的科技壁垒化成齑粉

把中关村人的精神凝聚成不灭的图腾

看——

那有着无数星辰的长空上

鹰飞雁鸣

那是时代在发出呼唤

中华儿女睁开眼睛凝望

新的历程在脚下铺开

祖国母亲为我们举起航灯

风起时，只有云儿知道

起航处，且看大国深情

端午节抒怀

在挂着菖蒲的门前

我闻到了淡淡的清香

于是我恍然惊觉

端午到了

这是一个满含忧伤的节日

两千多年前的汨罗江

屈夫子纵身一跳

一个伟大的节日

就此诞生

吃粽子，赛龙舟

这种朴素的习俗

是对一颗伟大灵魂的纪念

龙舟再快，粽子再甜

都无法唤回那个落寞的身影

我们的耳边空余下

屈夫子的幽叹

我们只能捧着《离骚》

在那些苍凉的语句中

轻抚先生的思绪

我们把清泪藏进衣角

避免它被端午的江水浸泡

然后在每一个月圆之夜

把它珍藏在月宫的树梢

八 一

每年的八月一日
是祖国的建军节
而两个月后
就是伟大祖国的诞辰
八一建军节
就这样年复一年地
守望着伟大祖国的生辰

伟大的中国人民解放军
诞生于列强环伺、生灵涂炭之际
成长于枪林弹雨、血雨腥风之中
军人们用大刀长矛，用土枪土炮
以星火燎原之势
解放了全中国
在和平年代
他们戍边守土，保境安民
他们是钢铁长城
保卫着祖国的和平与安定

斗转星移
人民军队不断成长壮大
空军骁勇善战
海军威武雄壮

陆军坚韧无敌

因为有他们
我国的领土得以守护
我们的安全得以保障
民族的复兴得以实现
国家的尊严得以维护
家国的兴盛得以成就

这是一支
纪律严明作风优良的军队
有着崇高的信仰
有着坚定的信念
时刻听从党的召唤
心系祖国的安危
紧握手中的钢枪
肩负人民的重托

他们享誉世界
拉得出，靠得住
站得稳，不退缩
党指向哪里，他们就冲向哪里

我坚信

共和国的部队

将秉承铁军的荣光

将继续缔造奇迹

谱写人类军事史上

最新最美的辉煌篇章

新冠疫情阻止不了学习

好比暴风骤雨

疫情冲击了整个世界

但是，中国

在汹涌的疫情面前

向世界交出了

完美的答卷

显现了我国政治制度的优越

显现了中华民族的凝聚力和向心力

在党强有力的领导下

全体中华儿女

用实际行动

彰显出战胜疫情的智慧和决心

一方有难，八方支援

物资不断，万众一心

在国家强有力的部署下

孩子们仍旧可以

愉快安然地生活和学习

我们有了在线授课的方式

我们体会了在线课堂的便捷

无数负重前行的人们

让孩子们沉浸在知识的海洋

顺利学习和成长

在这期间

我们还欣喜地

迎来北京冬奥会的召开

试问，全世界

还有哪个国家

敢于在此期间

如此成功地举办

奥林匹克冬季运动会？

我们以安全、节能、环保的方式

圆满地举办了这场体育盛会

获得了全世界的高度认可

我们的孩子不光学习了书本知识

更增添了冬奥会的冰雪记忆

那些精彩的竞技瞬间

点燃了多少孩子眼中的梦想之火

憨态可掬的冰墩墩

给多少孩子带来了美好畅想

在冬奥会这个社会大课堂中

我们的孩子

无不由衷感念祖国的繁荣富强

无不万分热爱强大的祖国

我们的孩子

把祖国深深铭刻在心

把为祖国而拼搏的信念

融入到全身的血液

现在

他们正带着祖国和人民的希望

大步向前

走向未来

百年放歌

无论时间过去了多久

在我的脑海中

那个令我终生难忘的日子

都如同刀刻斧凿一样深刻

回首苍茫往事

那些和祖国共同进步的时刻

——浮现我的眼前

在我的生命里欣然放歌

2021 年 7 月 1 日

我们躬逢党的百年华诞

我们赓续着红色基因

将党的百年历史娓娓诉说

看爱和希望洒满了我国的山河

2021 年 7 月 1 日

朝霞为天安门广场

铺上了神圣的光彩

各族人民的节日盛装

化作神州绚丽的彩带

七万余名各界代表

组成了吉祥的方阵

56个民族笑语欢歌

共同唱响了大国的未来

当国歌直冲天际之时

三军仪仗队踏响了

漫天的星华

震耳欲聋的口号

直冲云霄

在场的人们

都在纵情地呼喊

那四个大字

——祖国你好

现场的大屏幕上每一个年份

都彰显出历史节点

直到2021闪现

象征着巨轮启航的汽笛声

响彻在首都上空

庆祝中国共产党成立100周年大会

就此绽放出华丽的乐章

随着巨大的轰鸣

空中护旗梯队开始了巅峰表演

直升机牵拉着巨型条幅

呼啸而来

如同傲立的五岳山峦

让红色的党旗在蓝天下更加鲜艳

那一声声地动山摇的口号

有如春雷震动，撼天动地

直升机和战斗机

在头顶呼啸

变幻出"100"和"71"的字样

翩然掠过长空

十五架歼-20战斗机

组成三个编队

是华夏扬起的利剑

轰鸣声如长空雁鸣

声声清越

令朋友敬仰

令敌人胆寒

教练机拉出的十道彩虹烟雾

在蓝天的映衬下

五彩缤纷，绚丽至极

这是盛世的中国

这是时代的鸿篇

当100响礼炮冲破云天

一声声脆响振奋人心

在场人员肃立

十四亿双眼睛

同时看向了

那一面鲜血染就的国旗

此刻，伴着雄壮的《义勇军进行曲》

鲜艳的国旗冉冉升起

当习近平总书记

出现在天安门城楼上

那伟岸的身躯

如同擎天的巨柱

那铿锵有力的话语

昭显了一个国家的强盛和威严

此时此刻

天安门广场沸腾了

电视机前的人们沸腾了

全国人民沸腾了

全世界的华人沸腾了

热泪盈眶的人们

欢呼着，跳跃着

祝福我们伟大的党

祝福我们伟大的祖国

他们眼含幸福的泪水

铭记这激动人心的一刻

随着习近平总书记高呼

"伟大、光荣、正确的中国共产
党万岁！"

"伟大、光荣、英雄的中国人民
万岁！"

整个庆祝活动进入高潮

十万只和平鸽在天安门广场展翅
高飞

十万只彩色气球腾空而起

将祖国的天空装点得格外绚丽

《歌唱祖国》的乐曲奏响

所有人挥舞着手中的国旗

同声歌唱

将整个天安门广场

烘托成欢快的海洋

虽然300多个日夜已流逝

但当时的情景

依然在我的心头

久久回荡

江山就是人民

人民就是江山

有党做主心骨

有亿万人民做靠山

何愁不国富民强

何愁不河清海晏

当时光来到了崭新的一页

我们又迎来了党的二十大的浩荡

春风

中国的历史将掀开新的纪元

我们必将更加信心满怀地

走在中华民族伟大复兴的道路上

遥看星河浩荡

我们意气风发

春天的呼唤

我至今记得2020年的春天

小河尚未解冻

空气中仍弥漫着料峭的寒意

一场突如其来的疫情

正在城市蔓延

在人们彷徨的时刻

是那些白衣战士

从祖国各地集结

一路逆行

他们张开双臂

筑成安全的屏障

他们不顾被感染的风险

他们不顾劳累，不眠不休

在看不见硝烟的战场

他们救治病患

用无言的奉献

守卫着十四亿人的平安

有一种精神

是蓝天下绽放的霓虹

有一种精神

是山巅上伟岸的青松

有一种精神

弘扬着天地间的正气

有一种精神

让死神望而却步

这种精神

就是人间大爱

这种精神

就是医者仁心

这群逆行的医者
如同一群吉祥的青鸟
把平安的福祉
送达祖国的四面八方

一次次治愈
述说着他们的荣誉
书写着他们的功劳

这群医护人员
他们是丈夫、儿子、父亲
她们是妻子、女儿、母亲
他们的气质如同青松、劲柏、白杨

他们牺牲个人利益
只为让万家安宁的灯火璀璨

没有一片乌云
能够遮住太阳
没有一块篱笆
能够阻隔春光
抬头远眺，辽阔的天空下
春山可望

看吧，春天正在向我们走来
春风骀荡
樱花烂漫
红旗高高飘扬
巨轮扬帆起航

英杰谱

温暖的晚钟

——谨以此诗献给"两弹一星"贡献者之一张顺江先生

时光如箭矢
把山河岁月由切近推向邈远
尊敬的"两弹一星"贡献者
尊敬的决策学大师
仿佛只是弹指一挥间
您便已离开了我们十五年了①

十五年斗转星移
世事瞬息万变
很多事都已渐渐模糊
在岁月中悄然远去
只有那石破天惊的巨响
激荡人心
大漠深处腾起了蘑菇云
帝国主义借核威胁亡我之心
在那一声巨响过后
化作了泡沫
那些在大漠深处
埋首做研究的其中就有您

您为"两弹一星"创下功勋

后来您做教授，做博导
您著书立说成为知名学者
您把位于北京西山的居所
命名为元源书院

我经常想象北京西山
那个布满青苔的院落
想您在的时候，那里
高朋满座，宾客如云

你们坐对青山深谈远论
探讨前沿理论
探讨哲学和历史
探讨世间万物的逻辑
探讨宇宙精微

您有一连串耀眼的光环

---

① 本诗写于 2022 年。

"两弹一星"功臣、决策学大师
国内外著名学者、中国决策学奠基人
横跨新旧两个时代
您既有文人才志，又有武士刚毅
您精研古今之变
从中悟出了决策学的无穷奥义
暮霭中大觉寺的晚钟悠然相伴
元源书院的一盏萤火
可与天上星辉并存
面对青山，点一盏灯
文字涓涓汇成江河
您把生活
演绎为浩荡长卷

记得看到过一张您锻炼的照片
照片上的您挺拔如松，神采奕奕
却不想上天何其残忍
让您的生命在70岁那年
戛然而止

元源书院那一盏灯灭了
流云四散，星月黯淡
北京的西山暮色邈远
就连那流萤
也变得凄清、神伤

一位科学巨星骤然陨落
带给世界的损失难以估摸
当我再次仰望那片星河时
我的心中
空了好大一片

您走了
传承"两弹一星"精神的使命
将由继任者从您的手中郑重接过
而今
这座幽静的青砖院落
已经成为海淀区爱国主义教育基地
成为现代人铭记历史
思考宇宙和人生的精神圣地

山河有尽，知识无涯
您纵贯古今，崇理尚文
您的探索，将永励后来之人
极目天宇，您音容犹在
西山的簌簌松风
似乎还伴有您衣袂破风之声
您霁月光风，高俊伟岸
伴着西山的晓月和晚风
在中国决策学领域之中
铮铮不息
眺望西山，火烧云天幕渐渐淡了

星星布满了天空
我忽然感觉到

那西山的一点灯火
是您温暖的笑容

不忘功勋，浩气永存

——谨以此文献给张顺江先生

1937年
北京卢沟桥畔
日本侵略者的铁蹄
踏破卢沟月夜的宁静
揉碎了北平街头的清霜
处处断瓦残垣
哀鸿遍野，杜鹃啼血

这是中华民族的至暗时刻
是人类历史上不堪的一幕
从此兵连祸结，国土沦丧
从此天地失色，日月无光
从此巍巍华夏，处处蒙辱

您出生在那个山河呜咽的岁月
耳闻目睹尽是山河破碎，国破家亡
感同身受全是故园淤滞，满目沧桑

从那时起，国恨家仇中
孕育出冲天的奇志
"为中华之崛起而读书"成为心
底的强音
您投身学门囊萤刺股
誓将国人流下的鲜血和眼泪
转变成抗战胜利时痛饮的琼浆

新中国成立后
您怀着报国之志
深入绝域在大漠孤烟中
将赤子丹心献给边防

"两弹一星"发射
中国从此有了
自主研发的大国重器
喷火的长龙是华夏的屏障
祖国的红旗重新竖起

在世界的东方猎猎飘扬

您的一生为科技事业鞠躬尽瘁
我知道在科技兴国的胸怀里
您难掩书生意气，士人雅量
我相信——

当您仰望星空
夜观星象的时候
您一定在想：
天地玄黄，宇宙洪荒
其中有多少奥秘埋藏
穷我之余生破译祖先留下的密藏

您功成名就之后
从科研前线回到书斋之中
从此闭门著书，坐观论道
结庐在美丽的西山脚下
以丹青为友以书香为伴
山中悟道，偃仰啸歌

当您结束一天的研究
来到院中仰望苍穹
空庭夜色，秋凉如水

您能看轻一般人之所重

自然也能看重一般人之所轻
您一手挽着前沿科技
一手翻开古籍向古人问道
您面对浩如烟海的典籍
皓首穷经
从《周易》到《梅花易数》
从未来学到决策学

您拿起思想的柳叶刀
从古往今来的典籍中条分缕析
探讨着决策学的奥义玄宗
日复一日，年复一年
西山飘雪，铁砚磨穿

您以如椽的巨笔去梳理
古时圣贤决胜千里的智慧
皇皇巨著在这里先后诞生
您在传统文化的海洋里含英咀华
完成由自然科学向社会科学的蝶变
为中国决策学奠基

文武之道有张有弛
您不但是决策学的奠基人
也在太极拳领域造诣深厚
招式起止
您在阴阳调和中起舞

千锤百炼中练就金刚之势
一招一式中化尽世间阴阳
一生不为浮名所累
存心只醉太极之玄
去追求身心的合一

先生终究是幸运的
兴酣落笔撞破湛蓝的天
行云流水踏碎西山的月
耳听大觉寺的晨钟暮鼓
仰望元源书院的浩瀚星空
红尘万丈中端起一杯酒
整个星空便都被一饮而尽

"古来圣贤皆寂寞"
唯有其精神不灭
或许正是悟破这一层
您俯察九渊，仰观三纲
用数卷书温暖世人
自己却围炉夜读
看朔风起处
有人吹起玉笛
那梅花便落满了西山

或许您的一生都印证了您的名字
如同星空下的春江
奔流直下，浩气如虹

长空裂帛

——谨以此诗献给"氢弹之父"于敏先生

一声霹雳，撕裂了长空
一声呼啸，震撼了大地
这是一声长空裂帛
这是一幅腾飞画面

随着电视剧《功勋》的播出

您的名字传遍了五湖四海
"氢弹之父"的荣誉
不但让您站到科学的顶点
更让笼罩祖国的
核威胁烟消云散

在一众科学家之中
您一直隐姓埋名
直到如今，由您主导研发的于敏
构型氢弹
依然令许多国家望尘莫及
您以一己之力
提振了中国的浩荡雄风

如今，您的名字已举国皆知
您的事迹将万代流传
是您赋予了氢弹极强的威力
让大国重器能长期
保障着十四亿人的和平和安宁

但是谁能想到
这样的成就
您用几百个日日夜夜
孜孜不倦，铁砚磨穿而得来
让我们从第一颗原子弹成功爆炸
到第一颗氢弹成功爆炸
仅仅用了两年零八个月的时间

或许，在您的面前
再多的溢美之词
也显得如此苍白
唯有"国士无双"的赞誉

才可以当作您功勋的冠冕

您总不愿被称作"氢弹之父"
因为功勋属于集体
您只是做了该做的事情
尽到了一个知识分子的本分

您的一生，我只能仰望
不敢随意去评判
您用行动，诠释了赤子之心
您用一生的光阴
践行了诸葛武侯的名言
非淡泊无以明志
非宁静无以致远

庆幸在我有生之年
能与您一生活于同一片蓝天之下
看您的照片
您埋首于书卷之中
皓首穷经，孜孜不倦
朝扫晨曦，暮伴落霞
挑起了耿耿星河，乾坤日月
也挑起了春夏秋冬，酷热严霜

在您的庇护之下
这片土地上的人们

才能昂起不屈的头颅

才能挺直民族的脊梁

才能轻松地迎接一个个日出日落

拥有岁月的安稳和祥和

此刻

在天堂的您

面对着纷繁的一切

定是淡然地微笑着

又翻开了手中的长卷

您的精神，如崖前的松柏

厚植于中华的沃土

您的微笑，如盛世的雪莲

亭亭净植，一尘不染

夜空中最亮的星

——谨以此诗献给"两弹一星"功勋奖章获得者朱光亚先生

大幕拉开，灯火通明

一出舞剧，正在上演

记不得这是第几次观看

这场名叫《长城》的舞剧

每次看时

我都心潮澎湃，泪眼蒙眬

让我们追寻那身临其境的感觉

舞剧中那个推着自行车的学者

"卫国"

仿佛正是朱光亚

坐在自行车大梁上的"卫星"

好像是他的儿子朱明远

在别人的眼中

他是威严的科学家

在儿子的心中

他是和蔼慈祥的父亲

对孩子精心呵护，无限慈爱和

包容

陪儿子谈天说地

带儿子做俯卧撑

告诉儿子小小少年志气大

要做科技小尖兵

"大院"里的孩子
并不知道您的职业
儿子也是长大后
才知道您将毕生的精力
都献给了"两弹一星"

您是一位饱含爱国热忱的科学家
早在新中国刚刚诞生的时候
您便牵头与51名留美同学
写下《给留美同学的一封公开信》
谢绝国外优厚的科研待遇
与无数的爱国科学家一起
冲破重重藩篱
回到了祖国的怀抱

朝鲜战场上，作为板门店谈判的
翻译
您目睹了手握"原子弹底牌"
盛气凌人的美国人
您悲愤不已，芒刺在背
也就是那一刻
您定下了此生的方向
研究祖国最需要的大国重器
托举国防力量崛起
托出屹立的巍巍华夏

您的选择有很多
但您说过
一生就做一件事
但这一件事
改变了世界
气壮山河

1959年的时候，35岁的您
挑起了为祖国献身的重担
和一批顶尖的科学家
组成了黄金阵容

五年之后
西北戈壁强光闪耀
一道闪电撕裂天际
蘑菇云冲天而起
您仰望苍穹，耳听巨响
看着狂欢的人群
想象国人脸上的荣光
因满心狂喜
多饮了些美酒
这是您一生唯一的一次酒醉
跟您一起醉倒的
还有戈壁的茫茫夜色
还有大漠上方的那轮月亮

新中国自主研发的第一颗原子弹
的成功爆炸
揭开"两弹一星"的序幕
氢弹的成功爆炸
让笼罩在新中国头顶的核威慑阴霾
终被雨打风吹去

一切成绩的背后
总是常人无法想象的艰辛

为了核武器的推进
您次次参与核试验
还不顾他人劝阻
顶着高温和放射物的考验
冒着随时塌方的危险
进入早期的爆后坑道

劳累和辐射
摧毁了您的健康
十年前
雪落北京
您永远离开了我们
只留下天地的缟素
和那颗以您名字命名的小行星

仰望苍穹，您的音容犹在

您的一生
为一大事来
干一大事去
在您瘦弱的躯干下
隐藏着新中国最蓬勃的力量
正如《感动中国》颁奖词给您的
评价
细推物理即是乐
不用浮名绊此生

而今，仰望苍穹
寻找那颗以您名字命名的行星
想象满天的星光闪烁
是您眺望大地的
睿智的眼睛

如今，科技的种子已经撒遍世界
您的精神和事迹
点亮了一代又一代人的心灵
他们中间，一定会诞生新的科学
巨匠
一定会有人接过您手中的火炬
高高举起

照亮祖国的山河
照亮新的科技征程

今天，在举国的欢庆声中
人们更加想念您

夜空中最亮的那颗星

灯火里的家国

——谨以此诗献给娄梦侠烈士和他的战友们

您的双脚拖着沉重的铁镣
敌人的皮鞭
在您的身上留下血痕条条
革命人的骨头是钢铁铸就
死亡又算得了什么

踏着您的足迹
穿过百年烽烟
中华民族正在复兴崛起
幸福写满我们的笑脸

回望沧桑百年
我们要把握现在
也要铭记从前
那群悬崖之上的人们
他们的上下求索
他们的一往无前
锻造出了民族永恒的信念

让我们牢牢铭记心间
烈士的英魂
前辈的血汗
凝聚成不变的誓言
让我们迎接更灿烂的明天

今日的中国
是亚洲之中国
是世界之中国
光耀中国红星闪闪
光耀世界群山之巅

今天
我们站在两个一百年的历史节点
岁月将新的历史使命
赋予我们的双肩
先驱们用热血
荡涤了山河岁月
我们让奋斗的汗水

凝聚出更加辉煌的河山

中国的巨舰呀
在惊涛骇浪中乘风破浪

行稳致远
看我灯火中的家国
山河辽阔
风光璀璨

没有年轮的常青树

——写在恩师汪兆骞先生八十寿辰

都说岁月如刀
为什么您的身板却更加英挺
如崖间青松般挺拔
都说人到暮年筋骨颓
您的精神却更加抖擞

笔下漫涂起江云
四壁生风出烟霞
文以载道
您一生与笔墨为伴
青灯黄卷悟道山中
您用一颗赤子之心
虔诚地在书山跋涉

您是藏书阁中的流萤
高举上下求索的孤灯

与一个个高尚的灵魂对话
去打捞那些远去的历史
去还原文学大师们的本性

一张文学的天幕
在您的面前《启幕》
与那些"民国清流"们秉烛夜谈
听他们讲述着
中国当代文学与文人的细小的寒温
那些事情很小很小
小到如同树篱上的淡月
不入青史
却那样荡气回肠
让后世的我们读来
甜蜜难忘

您是文学编辑的顶流

阅尽人间春色

看尽了猎猎秋风

怒放的长安花

萧瑟的西州雪

瑰丽的楼头月

叹尽人生的声声慢

您把山河岁月装进眼底

将八十年的时光放进文学的行囊

写出一副壮志磅礴的《往事流光》

"文学即人学"

人有参差百态

文学才能百家争鸣

您清癯的面容

让我想起魏晋时期的竹林七贤

醉后绣口一吐

便是和谐社会的欢歌

岁月可以消磨人的意志

却无法消磨壮士的雄心

您盘桓于文字的剑道

一路扶摇而上

我相信

在您灵感的源头

您会遇到《诗》中的风雅歌者

遇到《楚辞》中的香草美人

遇到曹操《短歌行》中的雄心壮志

遇到《白马篇》中的游侠少年

遇到《红楼梦》中的太虚幻境

遇到乱云飞渡，绝顶高峰

遇到该遇到的一切后

终将会遇到自己

在看透世间一切后

您淡然一笑

与世人《诗说燕京》

您口吐莲花时候

我想燕京上空

一定会飘洒着吉祥的花雨

映得您八十年轮的常青树

更加蓊郁葱茏

上寿对秋月，闲来写春风

——谨以此诗献给郑秉祁先生

您老了，思维却越发敏锐

笑容温煦，却又不掩锋芒

拿惯了柳叶刀的手

轻拈狼毫，照样是个中杰俊

半生岐黄生涯

赋予您等身的著作

享誉业内的荣光

严谨的临床医学

让您显得格外一丝不苟

您是一位严父

教育孩子

讲究孝敬尊长，长幼有序

从您严格的家教中

我冒昧猜测

您是孔子的信徒

儒家讲究出世立功

这一点，您堪为世范

您教导出了一位省管专家

他的胸中藏着百万雄兵

为人更是高雅如盛世莲花

但在您的面前

他依然是孩童心性

赤子无瑕

济世救人之外

您将深情赋予长案

无尽长卷

在凉斋冷砚里，流淌温暖

无数墨香在笔端倾洒

定是您伏案泼墨的身影

点燃了郑波心中艺术的星火

让他朝向艺术的圣殿奋力奔跑

不羁的生命飞扬跳脱

品读过您的书法

我悟出生活的真谛

读书千卷

或不及老人一言

面对世间的霜刀和冷月

你笔下却浸淫出春风和夏花

您有九十年的生活经验

早已将世事看穿

亦师亦友

那位年过半百的省管专家

在您面前依然如孩童般天真

您是一位智者

冷眼热肠

严肃的外表下

包裹着孩童的烂漫

有人来求字时

您会高兴地铺纸研墨

反复揣摩，书写多遍

选出最中意的一幅

送到来客面前

您伏案书写的画面

每每令我感叹

您瘦削的身影

恰似大漠孤烟

我第一次发现

悲鸿画中嶙峋的老马

比盛年的宝马更显神骏

经霜的红叶

也比新抽的嫩芽更显精神

当您站在案前

将激扬的笔墨任意挥洒

我便想起

——您心中有猛虎

细嗅蔷薇

或许艺术于您

永远是覆满深雪的人生中

那块温热的炭

又是一年中秋

华庭月满

您风华不减

老骥伏枥

您功力犹健

此刻，头顶明月

让我们共举酒杯

愿我们月也团圆，人也团圆

满园婆娑，面对着堂中烛影摇晃

愿我们杯也从容，人也从容

愿我们同饮杯酒

共创艺术之王国

翰墨之华章

人文之天堂

崖边，那棵英雄树

——谨献给"元源书院"张红雨院长

有幸与君初识
在西山的元源书院
黄钟慢叩，大吕轻扬
是日满座高朋共赏奇文
我醉心于你满园的书香
众人之间
你静立一隅悄然绽放
如一朵青莲
长在我的心间

即便不能相见
凭借通达的网络也能
和你亲切地交流
我渐渐更了解你
令尊是决策学的先驱
是他一手创建了书院

这里是培养高级人才的文化摇篮
也是你们父女共享天伦的后花园
作为女儿的你
总是陪在父亲的身边

研讨知识中的疑难
打理生活中的滴滴点点
孝顺的你将微凉的茶水
送到父亲的案前

你是人间四月的甘霖润物无声
红雨——
凝聚着父亲的心血
让红色精神泽润天下
四海相传
父女的情感血浓于水
向知识的峻岭
奋勇登攀

令尊的离世让你痛彻心扉
生命之河仿佛瞬间断流
没有了往日的滔滔不绝
往日的生机与欢乐
仿佛也随着父亲的离世
生生折断

世界上最爱你的人去了
但他的精神还在
他的灵魂不会磨灭
他的著作便是留给我们的瑰宝
他的思想将如薪火
代代相传

你擦干了迷离的泪眼
毅然接过了科技兴国的大旗
弘扬"两弹一星"和中关村的精神
把守护大国经典
赓续红色基因的使命
永记心间

你无私地贡献出父亲留下的书院
将其打造成爱国主义的基地
你延续了父亲的生命
你在前进的道路上跃马扬鞭
你柔弱的肩膀上
早已扛起了书院大半边天
你是西山崖畔的月桂
是新时期的花木兰

无论何时见到你
总是一袭素衣言笑嫣然
我知道你也有钢铸的力量
敢于独自跋涉万重关山
不惧山高路远行路艰难

若投你于遍地冰雪
你便放声歌唱这琉璃世界的美丽
若置你于危崖
你便吐露出最美的满地芳菲

你在西山的山谷中
看四时白鹭翩飞
你在高深的典籍里
洞察着人生草蛇灰线
你是不灭的诗意红烛
是宁折不弯的时代脊梁

你不染世俗的半点尘埃
你是青山绿水中的一点红
是遍地黄沙中千年不朽的
英雄树

西山的灯塔

——致"元源书院"张红雨院长

您的父亲病故了
共和国又一位"两弹一星"的贡献者走了
我们的决策学大师离去了
从核动力工程师
到决策学教授、博士生导师
到国内外著名学者、中国决策学奠基人
您父亲用心血
铸就了辉煌

父亲故居的灯火暗淡了
那个以民族复兴为己任、孜孜不倦的身影
不在了
星月悲凄，山河肃穆
一位巨人轰然倒下的损失
一个民族，乃至全人类都难以估量

为了重燃元源书院的灯火
作为女儿，您毅然站出

舍弃钟爱的事业
回到父亲的故居
书院的生气得以复苏
父亲事业有了赓续
父辈的精神有了传承
仰望元源书院
又亮起了一盏暖暖的小灯

您潜心研究
体悟父亲的"两弹一星"精神
那与祖国命运休戚相关的家国情怀

您历时数载
实地走访，查阅史实，搜集大量资料
您在故居精心打造出深具特色的爱国主义教育基地
您认真研读父亲的决策学杰作
并与父亲的同事、学生共同整理、研究

筹备成立中国决策学文献博物馆
把决策学的成果
推送到更广更高的领域
推送到国家社会实践层面
让父亲的心血和智慧
结出更丰硕的果实
收获更大的效益

而今，经历15年辛勤耕耘
作为元源书院院长
作为父亲故居的守护者
作为"两弹一星"精神的弘扬者
您每年接待四面八方的参观学习
团体
每次义务讲解，都是对来客的灵
魂洗礼

每一句点拨，都把红色基因
根植在客人的内心深处

而今，作为致公党党员
作为北京市石景山区政协委员
您在关乎国计民生的事情上
发扬着自己的光和热

啊！在您的辛勤耕作下
父亲的故居元源书院
有如明亮的灯塔
在北京的西山脚下
散发着无尽的光芒
指引着人们奋发向上
指引着人们戮力前行

西山木兰花

——致"元源书院"院长张红雨女士

北京、西山、元源书院
唯有站在这里，才看得见
季节的河流
月色浸染跫音，铜声摇曳

三月的风，拂来
桃花的问讯
轻扣春天的画卷
辽阔而邈远

唯有站在这里，才能拥抱

立足的根基、鸿儒的精义

在不朽的泥土里发酵、滋养

生生不息

元的真谛

不断被汲取、过滤

枝叶的经纬

绿意盎然

唯有站在这里，才能

纵情地绽放

洁白的花瓣

传递着圣洁和美丽

又如迎风招展的旗帜

默默地

给人们启迪

馨香的气息

扩散，弥漫

扩散，弥漫

哦，这就是元源书院

红雨院长如一株高傲的木兰花

在时代的沃土上

灿然绽放

心悬日月，墨蕴春秋

——谨以此诗献给张飙先生

每当看到您为科学家们手书的长卷

我的心中就油然升起对您的浓浓

敬意

而您把博爱和关怀

同样赐给后生晚辈

当您听闻我正研习丹青时

更是在百忙中欣然命笔

为我的"临涡小墅"题字

另外还赐我"福"字

飘逸的墨迹

给我鼓励和指引

给我动力和方向

今晚，恰逢北京2022年冬奥会开幕

一贯心系家国的您

更是欣然提笔

写下《热烈欢呼北京冬奥会开幕》
的绚丽长卷
看到这散发着墨香的长卷
我仿佛看到您负手站在书案前
和一卷墨香对话交流

如同一位古时的巨匠
手握狼毫，凝神思索
思接千载，视通万里
将所有的思绪酝酿在胸
然后气沉丹田，悬腕运笔
将那些撇、点、横、捺
在纸上撒豆成兵

浓云般的墨很快将宣纸席卷
点点如桃，撇撇如刀
锋利处如同箭矢待发
婉约处恰似新月凝眸

您工诗善书
如同太白醉酒
一笔便挥洒出半个盛唐
素雅的洒金宣上
随笔勾勒，尽是胸中丘壑
黑白分明，恰如写意人生
字行汇成书法中国

长卷描出满园春色
如同古圣先贤
和我们围炉夜话

先生是含蓄而文雅的
先生又是刚决和果敢的
下笔就是飞流直下，波涛壮阔
收笔就是奇峰迭起，静水流深

您的书法王国中
有黄山谷的横眉怒目
有怀素的纵横捭阖
有柳公权的恃才傲物
有佛陀的五蕴皆空
有项羽的心怀不忍
面对您新完成的书法作品
看您的铁画银钩
看您的温柔敦厚
看您的仗剑飞骑
看您的铁笔春秋
看您的峥嵘岁月
看您的笑傲王侯

然后，对着雪后的月光
温起一壶老酒
任那一帘思绪

醉倒了风神和飞白 | 醉倒了岁月和山川

为了共和国的需要

——敬致国家"关工委"主任顾秀莲女士

我能够描绘花开
它有特定的形状、颜色和芬芳
我能描绘春天
它有一贯的路线、步调和热闹
可是呀，面对我们的巾帼力量
我是这么的忐忑笨拙和拘谨

您的理想实际而远大
您的步履稳健而扎实
生活给了您一条溪流
您却拥抱了整个海洋
命运给了您一道彩虹
您却赢下了整个天空
不断地学习，不断地转型
您付出着汗水和艰辛
收获着责任和担当
考验和磨炼
让您意志如钢
锻打和培养

让您信仰弥坚

您是共和国第一位女省长
那年您才46岁
您毫不在意荣誉和地位
您考虑的是祖国的重托和人民的希望
您调研宣讲，凝心聚力
您出谋划策，排忧解难
八年任期内您所在任的省的经济增长
六年全国第一
您的生命里只有工作
共和国哪里需要您
您就出现在哪里
如今您已85岁高龄
仍工作在国家"关工委"主任的岗位
为下一代的成长尽心竭力

您看到了下一代的拼搏进取和
欢笑

您看到了下一代的上下求索和
担当

但您更关注他们成长中的缺陷和
误区

您更关注他们成长中的边缘和
角落

您看到了偏远山区孩子上学的
艰辛

您看到了农民工子女入学的重重
波折

您看到了德育教育的不足

您看到了灯红酒绿的现代都市

有稚嫩的心灵在流浪

您看到在校园的拐角

有校园暴力的阴霾在滋长

您看到了在一个个夜晚

有无数的留守儿童在暗自垂泪

您看到了在突发变故的家庭里

有小小的身影在苦苦支撑

还有那辍学放羊的孩子

还有那卧病在床的儿童

您看在眼里，急在心上

您精心谋划，落实行动

您通过各级关工委组织

传达总书记对下一代工作的指示

您指导各部门组织活动

让总书记的关爱落地生根

您号召青少年开展党史学习

给孩子们的心里播撒红色种子

您普及法律知识

让孩子们知法懂法，杜绝校园
霸凌

您注重传承优良家风

筑牢孩子们家庭成长的基石

您开掘"五老"资源，实施关爱
工程

"关爱站""留守儿童之家"应运
而生

您设立基金，并设置监督员制

拉起孩子们的生活保障和自身安
全的防护网

您四处奔走，呕心沥血

把孩子们的福祉，时刻记在心上

您组织了一场场比赛

发掘培养有潜力的青年新秀

您参加一场场活动

将关爱下一代的声音传出

而今您已是85岁高龄，仍奔波在
祖国振兴、乡村振兴的路上

为了更好地履行自己的工作责任
您总是殚精竭虑，迎难而上

为了祖国的下一代
您勇往直前，一路高歌

在苗家画画的你

——谨以此文献给艺术家郑波先生

都说苗家被美酒浸透
我不知你是否有酒一样的烈性与
刚强
都说那里的歌舞四溢而张扬
我不知你是否也一样的喷薄和
激昂
还说那里的汉子彪悍而精壮
那里的姑娘甘洌如佳酿
温柔如月光

或许，有且只有在那样的地方
才有淳朴的诗句
才有精美的蜡染和娇媚的绣娘
才有那个会画画的
生于苗家长于苗家的你

让每一笔色彩与线条
都如生命的舞蹈尽情绽放

你画苗家的少年
有着大山般筋骨的少年
像骏马一样奔腾
你画铁骨嶙峋的大山
如绿宝石一样闪烁光芒
你画大山中的女儿
把长长的黑发浸入江河的温柔
任脉脉的流水亲吻每一寸肌肤

浸染清水江吟唱千年古歌
流向都柳江托起苗家的梦
也托起你今生艺术创作的源头

你踏遍苗家的青山绿水

看乱云飞渡，是群山无尽的神秘

观壁立千仞，是江河翻腾的喧嚣

在天地之间你凝神屏气

摊开画板

任画笔在洁白的画布上

运笔如飞

你爱这片土地和山川

爱这里的男人和女人

爱苗族姑娘们身上的蜡染，头上的花冠

爱她们身上的红绣、锡绣、破线绣

飞针走线，五彩斑斓

苗绣里蕴藏着这片土地最大的灵气

沉淀着这里的爱恨情仇

往事如烟

你在这世间的瑰丽面前

瞠目结舌，目眩神迷

一度怀疑它是否为世间所有

那些身披苗绣的人们

走路的时候身上仿佛有灵光

这世间所有的珍宝

不及他们回眸一笑的温柔

头顶的星光是他们的王冠

身披的苗绣是行走的史诗

苗族的你也是一条汉子

用脚步丈量这里的大山和溪流

你的画里蕴藏着多少动人的情歌

流淌醉人的美酒

古朴的吊脚楼

张扬激越的木鼓舞

悠然明快的芦笙场

大自然赋予你无穷的灵韵

当你写生的时候

群山呼啸

跟随你的思绪高歌

绿水轻流

偕同你的律动起舞

你是这片土地虔诚的信徒

夕阳西下的时候

苗家人吹起芦笙

大口喝起米酒

唱起欢歌……

你则拿起相机

将一切记录在眼底

画成翩然的长卷

你是这片土地忠实的记录者

肩上的画板是你的武器

手里的画笔是你的图腾

你是大山怀抱里伟岸的汉子

感受着原始的古老与现代的文明

每一次的朝晖夕阳都不同

每一次的炊烟袅袅都不同

每一次苗族姑娘脸上的红晕也不同

每一种苗绣针法更不同

因此，你也不愿重复他人的路

更愿以心为烛，以血为膏

走出独特的艺术之路

用手去推开那一扇

只有你才能自由通行的门

深耕蚩尤文化的使者

——谨以此文献给艺术家郑波先生

如一方矿藏，你用生命

把一个民族的内涵，做成

灯火通明的盛宴，馨香四溢

来者络绎

咀嚼，回味，震撼，敬仰

人生的山门洞开，星辉朗朗

你在苗寨中跋涉，翻山越岭

寻找吉光片羽

一腔热血地渴望，没有航标

嗅觉就是方向——

敏锐，执着，信仰

你考察岩画、古建筑、纹饰中的

沉浮隐显

你探寻传说、歌舞、民俗的

祭祀朝拜

你将走乡串户的郎中

当成暗夜里的灯盏

你将苗寨的老阿妈

奉若艺术殿堂的宝藏

你用独具的匠心
剥离障眼的云翳
用独辟的蹊径
洗尽岁月的尘埃——
文化的真身，光芒四射

艺术照亮了你
你照亮了苗乡村寨的月亮
为了探寻心中的秘境
你孜孜不倦地沿着崎岖的苗乡村
寨攀登

艺术生涯的濡染
陶冶你的情操和性灵
赋予你一双善于发现美的眼睛
你的文字，也如刀，如剑，如
火炬
如一块块剔透的水晶
你的著作字字句句，都是心血凝成
为了点亮国人的文化自信
你亲自担任广告设计负责人
那些色彩和线条
在你笔下交织成视觉艺术的图腾

珍爱艺术的人是幸运的
都能在艺术中得到回响
热情质朴的苗女们
拧着你的耳朵，捏着你的鼻子
唱着，把酒倒进你的口中
用这种古老的方式
表达对你最尊贵的礼敬

今天，我翻开了你的关于蚩尤的
新作
在飘着墨香的书房中
重新审视这位人文始祖

终于明白
你的文心剑胆来自哪里
你的勇猛精进来自哪里
你的明白晓畅来自哪里
也明白了
那些苗绣中的威武和震悚
那些苗族人民血液之中的英勇和
不羁
苗族人是蚩尤的后裔
在你的文字里
我清楚地看到了
苗裔迁徙的足迹和
洒落的泪滴

从黄河向西南迁徙的过程中
先人擦干眼泪，吹起芦笙
擂响了战鼓
吹响了长长的牛角
最终来到了今天的苗地

藏族人有传唱的《格萨尔王传》
黔南也有苗族史诗《榜蚩尤》
苗族的跳月，"踩花山"
枫树神祭，"蝴蝶妈妈"
都源于致敬伟大的始祖蚩尤

来自远古的蚩尤
本就与炎黄并列
在中华民族的大融合中
他自然也是其中一位始祖

这块土地，如月光柔美
荣耀生辉
看到你写的文章的时候
我仿佛看到你
坐在苗寨的门槛上
听老阿妈讲故事
让老阿妈品鉴自己设计的服饰
五千年的文明
在你的手掌里摊开

你用心血讴歌着苗族历史的波澜
壮阔
用岁月书写着人文艺术的大爱
无疆
青山隐隐里，月光流淌
炊烟袅袅里，芦笙悠扬

峥嵘岁月稠，天地豪情涌

——弘扬"两弹一星"精神，讲好中关村故事

20世纪50年代
襁褓中的共和国一穷二白
群狼环伺，杀机四伏

为了挺直腰杆，不受欺凌
共和国勒紧腰带
布局了"两弹一星"工程

多少人以身许国

多少人隐姓埋名

无米之炊

难不倒仁人志士

白手起家

更显得万众豪情

为演算熬尽了多少灯火

为求真模拟了多少方案

多少人心神耗尽

多少人累倒中途

终于

大漠里腾起蘑菇云

太空中奏响东方红

伟大的祖国终有了

镇国重器

那些武力威慑不灵了

那些核讹诈破灭了

我们挺直了腰杆

我们成了保卫国家、维护和平的

强手

"两弹一星"的相继成功发射

铸成民族新的精神图腾

让"两弹一星"精神成为

共产党人精神谱系中

强劲的一支

而今

"两弹一星"精神

正根植于中关村科研人员的内心

他们正背负起崭新的使命

踏上科技强国的新征程

他们占据着视野的高地

开启了"战略性新兴产业"的布局

新能源……

他们打造了中国的硅谷

他们让科技兴国深入人心

他们对全国的科技园区

起着带动作用

他们的产学研用模式

让科技转化找到了

极佳的途径

亲爱的朋友们

前进的序言已经写好

未来的蓝图也已绘就

看强大的祖国日益腾飞

科技兴国将奔涌出时代的洪流

它将成为中国进步的重要支点

它将让崭新的中国屹立于地球

在这里，中关村人将扮演重要的
角色
他们将胼手胝足，开启新时期的
奋斗旅程

亲爱的朋友们
让我们踏上前进的旅途吧
我们扎根于中关村这片热土
海淀厚重的人文积淀
将充实和丰盈我们的人生
一个个传奇谢幕后

是另一个崭新传奇的接棒诞生

亲爱的朋友们
号角已经吹响
建设祖国的重任
已交付到我们手中
让我们用青春和汗水
用拼搏和奉献
拼搏出大写的将来
拼搏出共和国更绚烂的明天吧！

心灵的阳光

过去的时光里
我的生命中出现过阴霾
但更多的是阳光普照
在这里，我要对所有的朋友
说一声谢谢
同时对自己道一声珍重
感谢自己终将放过往事
让灵魂冯虚御风

过去两年的劫后余生
是涅槃的火，是不死的图腾

让我经历彻骨的疼痛后
浴火重生
成为哲人诗中的那只不死鸟
勇敢地与生活搏斗
把伤痛狠狠地捶倒在地上

我闻到自己灵魂散发的香气
过往的一切
不再如同电影的慢镜头
在我的生命中一一回放
撕掉生活的看客的标签

成为夕阳中的追梦者

山花烂漫

沿着艺术殿堂散发的光芒

寻找人生的奥义

感谢那一株骄傲的木兰花

感谢张红雨院长

她对"两弹一星"精神的传承

让我的心底生发出力量

去拥抱和回应生命中的阳光

感谢我在世事跌宕的摔打下

依然选择了坚强和善良

依然笑着奔赴远山

淡忘了岁月的沧桑

明确了余生要去追寻的方向

懂得如何让自己的灵魂畅展

学会了珍惜眼前的美好

变得更加包容和充满爱心

做一个生活的哲人

任世间风吹雨打

我只据守在一方庭中

远离尘嚣和烦恼

不再在意别人对自己的评价

管理好自己的情绪

让自己的心灵任意舒展

不再随着外界浮沉

起伏不定

不再畏缩不前，也不再瞻前顾后

接受自己不能改变的一切

朝向2022奋力奔跑

拥抱生活中的喜悦和阳光

从心底升腾出足够的自信

抵御人生的暴风骤雨

一如我终将漫步在人生四季

看岁月静好，阳光普照

励志铭

中华少年

浩浩九州，巍巍华夏

伟大的中华民族

穿越五千年风雨

屹立于世界的潮头

无论多少激流和险滩

无论多少困惑和疑难

中华儿女都能咬紧牙关

龙的传人都能挺直腰杆

去登攀，去超越

去收获胜利的豪迈

站在又一个百年起点

中华少年有着新的使命和担当

让我们吹响新的号角

唱响中国梦的高亢之歌

让我们迈出青春的步伐

踏上中华民族伟大复兴的征程

中华少年秉承前辈的决心和意志

拼搏进取，赴汤蹈火

成为中华民族伟大复兴的尖兵

铸就新时代的钢铁长城

让我们的民族繁荣昌盛

让伟大的祖国永远年轻

啊，中华少年

你锻造了壮美诗篇

生日歌

你来到世上

星光为你闪耀

太阳如同饱满的葵花

向你微笑

亲人祝福你吉祥

朋友祝福你安康

而你

也悄悄地

握紧了稚嫩的拳头

说一句
"相信我

明天一定更好"

上　学

一阵悦耳的鸟鸣
把清晨唤醒
我喝一杯豆浆
吃完母亲烙的饼

然后背着书包
带着母亲的叮咛
迎着初升的太阳
蹦蹦跳跳
开启了一天的征程

走在去上学的小路上
鸟儿在头顶飞翔
播下一路的欢快
溪水在身旁歌唱
如同笑语阵阵流淌

我跨步走在去上学的路上
心里洒满了阳光
今天我们是临风小树
明天我们是国之栋梁

校园之歌

在校园的小路旁
在教室的周边
盛开着
绚丽多彩的月季花

松树遒劲有力
曼妙的松香味
飘入书声琅琅的教室
花团锦簇的校园

窗明几净的教室

活泼紧张的白天

宁静恬淡的夜晚

求学少年们在这里成长

他们是稚嫩的小树

在幸福的阳光下生长

今天扎下理想的根基

他日长成参天的栋梁

他们是成长的小鸟

在这温馨的巢里

正锤炼着自己的羽翼

来日，他们会一飞冲天

十八岁的天

一晃

我们步入

生命的第十八个

金色年轮

我们睁开好奇的眼睛

发现世界是太阳的颜色

我们伸开热情的手臂

拥抱蓬勃的生命之光

我们向往远方

憧憬世界的广阔

我们着力于当下

用爱缔造出更美的家国

十八岁，我们面对国旗

庄严地宣誓

我们将加倍努力

让青春的河流

更加浩荡

十八岁，是一幅优美的画

十八岁，是一首嘹亮的歌

十八岁，是美妙的畅想

我们将把满地的泥泞

化作漫天的星光

十八岁的我们

将奋斗写入绝版的青春

将汗水写成最美的诗行

让激荡的时代春雷

在我们体内隆隆作响

逐梦金秋

当天边涌起晨曦

国徽便映出五彩霞光

雄壮的国歌

在天安门广场奏响

鲜艳的五星红旗

在晨风中猎猎飘扬

在共和国的阳光下

每一颗种子都将茁壮成长

每一棵小树都将挺起胸膛

每一朵鲜花都将如期开放

空气中充满了草木的清香

校园中到处是书声琅琅

沐浴在知识的海洋

任青春的汗水在脸上流淌

朝向理想的阶梯奋力登攀

我们的道路将越来越宽广

我们是追梦的少年

我们是蓬勃成长的力量

每一个日出都是新的出发

我们的步伐无比铿锵

迎着灿烂的阳光

我们的初心格外闪亮

迎着晨风将梦想放飞

朝着星辰大海的方向

我们是追梦的少年

我们奔向辽阔的远方

年轻颂歌

年轻真好

无忧无虑

伴着发展的洪流

像自由的马儿

在辽阔的原野

自由驰骋

年轻真好

满怀青春的豪迈

呼朋唤友

游玩，畅谈

拼搏，进取

年轻真好

充满了好奇和幻想

充满了新鲜和活力

每一天都那么充实

每一天都那么富有

年轻真好

总有火热的激情

总有澎湃的心潮

总有追梦的奔跑

总有欣慰的微笑

火热的青春

如同绿油油的原野

青春写满了

大地母亲的希望

阳光带给孩子们温暖

雨露给予孩子们润泽

可是呀

孩子们

能否经受住生活的考验

能否经得住

十年寒窗的洗礼

能否如同

勤劳的蜜蜂一般

不辞辛苦

能否如同

花蕾一般

在花期如期绽放

一分耕耘，一分收获

欢乐和荣光

只有靠汗水

才会实实在在地拥有

在青春的岁月里

只有尽情拼搏

才会交出满意的答卷

才会无愧于父母

才会无愧于祖国

才会不负老师的教诲

才会不负人民的重托

锻造坚强的翅膀

人生总会有起起落落
梦想未必照进现实
你说付出没有得到回报
你说努力没有取得成功
于是你困惑了，迷茫了
将你的困惑写进诗行
向这世间倾诉烦恼

为此，我想说
亲爱的孩子
一朵花的绽放
装扮不了整个春天
一朵花的凋零
荒芜不了整个原野
不要因为受挫折
荒废了整个人生
不要因为一时失利
否定自己的美好前程

人这一生
最重要的是良好的心态
不要活在夜晚的纠结里
不要活在失意的困惑里

最大的抗争，是无视
要拿得起，更要放得下
提起重如泰山
放下就轻如鸿毛

让生活变得简单
放下负担，也放过自己
人生是自我和解的过程
放过自己才能忘了伤痛

不把负担放在心中
走好自己的每一步
去收获精彩人生
不要后悔和遗憾
一切都是最好的安排
活出最好的自己
才是你一生的使命

让自己做一棵倔强的小草
风吹不倒，石压不弯
即使卑微地蜷在某个角落
也要笑对人生的风雨

拥抱温暖的阳光

感受生命的美好

活出自己的骄傲

不沉湎于过往

只着眼于前方

只为心中的美好努力

为幸福美好的人生奋斗

做值得做的事

淌应该淌的汗

成为想成为的自己

张开坚强的翅膀

不辜负青春韶华

飞向更远的地方

静候幸福敲门

在2021年最后一天

我静候着新年的钟声

亲爱的朋友们

你最期望谁

按响那道门铃？

勤奋让我们更加自信

努力让我们踩稳脚下的根基

人生有阳光璀璨

也有阴霾满天

但只要敢于向命运抗争

我们便是人生的赢家

世上有无数道门

也有无数被按响的门铃

亲爱的朋友，要学会倾听

内心的悸动

不要总是患得患失

却忘记问一声

世界上有百媚千红

谁又怕失去你这一丛

人生无须讨好他人

但一定要活出自己

只要努力就问心无愧

哪怕所有人都把你忘记

愿我们心中有爱，眼中有光

左手携宽容与忍耐
右手携慈悲与温凉
静待新年的第一束光

噢，听！亲爱的朋友们
幸福，正按响我们的门铃

无怨的人生

人生是一本书
每个人出生时
则是一张纯净的白纸
在年月的磨砺中
写满人生历练
涂满七彩颜色
装订在人生的大书里

人的一生绝不会一帆风顺
那些丰富的阅历
也总由挫折和血泪凝成
经过痛苦而漫长的孕育
化作一颗颗晶莹剔透的珍珠
沉淀为人生的经验和财富
青春岁月总是仓促的
其实人生又何尝不是如此
当人生的履历装订成册
待到白头时回顾
多少天真，多少嗟叹

多少成功，多少折戟
往事都一一重现
让人心潮翻滚，泪眼模糊
或许有过人生百味
方为无悔人生

感恩生命的馈赠
将一切感恩的句子
寄予陌上花间
请清风阅读
再托蝴蝶寄予那陌上的折梅人
将悠悠往事妥帖收藏

不辜负每一场花开
不辜负每一次燕来
珍惜每一次花落
珍惜每一个现在
将清风朗月珍藏在怀
沉默寡言

却心有一片海

在淡泊中平和自在

心态平和

爱每个不同的今天

憧憬每个想要的明天

坦然地接受命运的馈赠

不喜，不惊，不怨，不怒

将中华民族传统文化精髓

装进自己的行囊

化为知识的万点繁星

然后在每一个午后

轻轻翻阅

和往事碰杯

然后笑着前行

没有轻而易举的成功

只有锲而不舍地坚持

一切荣耀背后

都是寂寥时的泪水

正如这世上险峰的风光

只属于坚持到最后的人

大胆地向前走吧

或许下一步

你就迈进了成功的大门

国庆礼赞

有一个声音，永远不会被湮没

在岁月的淬炼下

会愈加清晰

1949年天安门城楼上的庄严宣告

如炸响的春雷

向全世界宣告了一个伟大国度的建立

从此之后，天地一新

共产党带领全国人民

唱响了重整河山、复兴中华的乐章

胸怀千秋伟业，拥抱风华正茂

我们的祖国一路走来

有过太多激动人心的时刻

"打得一拳开，免得百拳来"

伟人下定决心，将士拼上性命

朝鲜战场的凯歌

让我的祖国立稳脚跟

一次次辉煌战果

筑起了我们和平安定的屏障

我们绵延漫长的国界

犹如铁壁铜墙

当巨大的蘑菇云腾空而起

当嘹亮的《东方红》乐曲响彻

太空

我们伟大的祖国呀

有了更加强硬的根基

傲剑凌空，威震九霄

在"两弹一星"面前

帝国主义的核讹诈、核威胁

彻底梦碎

蛟龙探海，嫦娥探月

战机在蓝天巡视

航母在大海遨游

东方的这条巨龙

终于迎来了

属于自己的腾飞时代

"今天是你的生日，

我的祖国"

当这首歌响起的那一刻

便有一个声音在我耳边娓娓诉说

一个个奇迹，一个个胜利

中国声音变得强硬

中国力量富有权威

人类的发展史上

我们的祖国

正在书写着伟大的传奇

举世无双的中国特色

优越无比的中国制度

不仅光耀中国

更闪耀世界

"不忘初心，砥砺前行"

"绿水青山就是金山银山"

中国的脱贫攻坚成果

中国的共同富裕道路

中国的绿色减排举措

每一个举措

每一项政策

都彰显了大国的责任和担当

今天是新中国的生日

在金秋送爽的十月

全国人民的心又紧紧地聚在了一起

想到冉冉升起的国旗

一股豪情在心底油然升起

山河虽无恙，吾辈当自强

我们是祖国未来的建设者

是正在成长的蓬勃力量

生活在当下的盛世中国

我们要把自己

百炼成钢

要在实现中国梦的宏伟大业中

奉献自己的力量

六一儿童节

儿童节的太阳最辉煌

儿童节的花朵最芬芳

儿童节的红领巾最鲜艳

儿童节的歌声最嘹亮

这是最纯洁的节日

无数白鸽在蓝天飞翔

无数花雨自空际洒下

锣鼓敲响

彩带飘扬

一切都在祝愿孩子们节日快乐

都在祝愿孩子们无忧成长

在这个纯洁欢乐的节日

我们放飞希望，收获成长

让大人和孩子们一起

开心纵情地欢笑

让世界变成幸福的海洋

劳动节之歌

五月有石榴花次第开放

五月有蓝天碧空如洗

五月有世界公认的节日

——国际劳动节

劳动创造了世界

劳动创造了幸福

人类文明演进的长河里

劳动结出了累累果实

劳动是艰辛的

劳动更是快乐的

不经一番寒彻骨

哪得梅花扑鼻香

无论体力工作者还是脑力工作者

无论男性还是女性

劳动节，是劳动者的荣光

只要勤劳付出

劳动节，是劳动者的礼赞

只要踏实肯干

无论国内还是国外

劳动者都会拥有

无论城市还是乡村

劳动节最美的花环

中秋节

在月亮升起的时候

对月小酌

鱼儿跃出海面

而他们的内心

天边传来悠悠的琴声

便升腾起恬淡的欢喜

——海上生明月，天涯共此时

他们用满斟的米酒

表达着

人们端出月饼

对家人浓浓的祝福

摆上瓜果和米酒

寒门俊杰

随着2022年北京冬奥会的召开

韦仁龙历尽艰难——

随着谷爱凌的绝美凌空

一岁时，父亲意外身亡

随着世人的惊叹

母亲带着他改嫁

我的眼光，却被另一个人吸引

三岁时，母亲也被肺癌夺走生命

那就是2020年考入北大的韦仁龙

而将其视为己出

含辛茹苦地养育他的继父

也在他十二岁那年撒手人寰

但是这个勇敢的少年

没有被艰难困苦压垮

以自己的善良和勤勉

博得了世人的青睐

最终，他以707分的成绩

跨入了北京大学的校园

拿到通知书的那一天

他去了母亲和继父的坟前

长跪不起，一边磕头

一边流着眼泪告慰爹娘

看到这里，我泪流满面

这世上总有一束光

撼动我的心房

让我从中汲取无数力量

——能够和命运抗争

就能收获幸福和成长

父亲节

小时候，总觉得

父亲有着山一样宽阔的胸膛

厚实的臂膀

总是将我高高举过肩头

轻轻放在肩膀

带我认识这世间草木

品味朴素的人情事理

看小河流淌

望日升月落

长大后，我走过很多的山

也看过很多的海

我才明白

一个人无论走多远

都走不出父亲牵挂的那片海

都走不出父亲爱的星河

我也相信，这世上没有任何山海

会比父亲的爱更崇高和宽广

我感受到的父爱

是人间最深的那片海

今天是父亲节

亲爱的老爸

在这个特殊的日子里

坐在人生的芳草岸

我敬您一杯茶

那个当年坐在您肩膀上的婴孩

如今已经长大

可是您呀，父亲

您却回我一杯酒

笑言世间过眼皆浮华

最美不过女儿茶

啊，敬爱的老父亲

我多想就这么父女对坐

在午后的暖阳里

在浓浓的亲情里

时光不老，微风不燥

母亲节

从我们呱呱落地那一刻起

无私的母爱

便如影随形

陪伴在我们身边

母亲日复一日地操劳着

洗衣做饭，照顾婴儿

孩子的一声啼哭，一次皱眉

无不牵扯母亲的心

有了孩子

一个母亲便有了牵挂

有了软肋，也有了盔甲

当我们咿呀学语时

我们所说的第一个词，便是妈妈

妈妈是世界上最温暖的称呼

她是草原上的额吉

是贵州山区的阿妈

是维吾尔族人口中的阿娜

正如民歌中唱的那样

"冷风吹着老人的头么

女人拿脊背去门缝上顶着

刺柯戳着娃娃的脚么"

女人拿心肝去山路上垫着

母亲用她柔弱的身体扛起了生活

的重担
拢起了一个家

五月份的第二个星期日
是母亲的节日
在这个节日里，唯有康乃馨
最能将我们对母亲的爱意和亏欠
表达
在这个美好的节日
愿母亲的笑容
如鲜花般灿烂

啊，即便是在母亲节啊
母亲也总舍不得让自己多睡一
会儿
清晨，厨房总是准时响起锅碗瓢
盆协奏曲

母亲打好豆浆，做好锅贴，烤好
红薯
笑眯眯地看着我们吃下

啊！
有了母亲的爱抚
我们的声音便不会变得嘶哑
我们的心境就会变得丰盈而澄澈
啊，亲爱的母亲
我们成长中的点点滴滴
都来自你无私的赠予
今后的日子
我们将捧出百倍的孝敬
守护着您，关爱着您
让您在暖暖的亲情中
享受您应得的回馈

妇女节

在中国，这个群体普通又活跃
她们遍布于各行各业
她们建功立业，斗志昂扬
她们撑起了中华民族的半边天
为民族的未来

建设起更加坚实的屏障
她们有着坚毅的身影
纵然身形纤弱
却用双肩扛起如山的责任
无论是炮火连天的前线

还是与死神赛跑的防疫边关

无论是高端的科研院所

还是基层的服务业

都有她们在挥洒汗水

都有她们在倾情奉献

这个群体有个名字，叫女性

她们是母亲，姐妹，女儿

她们的精神如旗帜，火炬，雕像

女性如同大地之母

她们承载着延续人类生命的使命

她们散发着温柔和智慧的光亮

草木蔓生，春山可望

在这个满目春芳的节日里

她们赢得了全球瞩目的光环

在这个美丽的节日里

让我们唱响澎湃的巾帼之歌吧

让我们将芬芳的玫瑰和百合

轻轻地送到她们手上

重阳节

重阳节

凝聚了茱萸的诗思

流淌着菊花酒的芳香

这是一个登高望远，怀念亲人的节日

这里有着"遍插茱萸少一人"的

惆怅

重阳节持蟹赏桂

醉倒了无数过往

流淌出的千古佳句

化作了重阳节耀眼的星辉

李清照写下了"人比黄花瘦"

孟浩然写下了"待到重阳日，还

来就菊花"

杜牧写下"菊花须插满头归"

白居易写下了"满园花菊郁金黄，

中有孤丛色似霜"

在那"西风紧，北雁南飞"的时节

品读这一句句菊花诗

仿佛感受到了带霜斜阳的暖意

重阳节，又叫老人节

在这个敬老孝亲的节日

让我们拿出一瓶菊花酒吧

为老人轻轻斟上

让菊花酒的芬芳和老人的笑颜

一同绽放

故园恋

我的老家是亳州

你是一坛佳酿
时刻温暖我的心房
你是一盏明灯
时刻照亮我的方向
你的名字叫亳州
你是生我养我的故乡

你从洪荒走来
你从沧桑走来
你是黄淮地区的明珠
你从风调雨顺的历史中走来

你有新石器的辉煌
你有黄帝部落的缩影
你是三朝古都
你几度兴衰
你有更迭的刀光和战旗

你是沃土
你有高台上的粮仓

你是宝藏
你有石油和煤矿
你有曹操运兵道
是满载荣誉的地下长城
你有大关帝庙
是雕琢彩绘的时代图腾

你是药都
是中药材的集散中心
是药文化源远流长的盛园

啊，亳州，我的故乡
你是奋斗不息
是冉冉升起的星
你有无限机遇
有整装待发的征程

啊，亳州，我的故乡
你是我的根基呀
你是我升腾着的愿望

中秋的月亮

中秋的月亮最圆最美
月亮洒下的银辉
如空灵的湖水
传递着恬静和温柔

以月为饵
无数的诗人对酒当歌
钓出深深浅浅的意境
融入一串串滚烫的诗行

游子从远方赶回
只为拥抱团聚
这时的圆月
有他们久违的温馨
一家人围坐着，谈笑着
喝着茶，品着月饼
沐浴着皎洁的月光
和金桂阵阵的幽香

金　秋

金秋的广袤原野
沐浴着万道霞光
在收获的时节
鸟儿也欢快地飞着
为丰收歌唱

到了晚上
村子里炊烟袅袅升起
房屋笼上夕阳的红光
院子里堆满了丰盈的五谷

大碗里盛满了浓浓的米酒
厨房里飘满了饭菜的芳香
大家围坐在一起谈笑着
讲述今秋的丰收
谋划着新一年的希望
孩子们在旁边跑来跑去
红红的炉火染醉了人们的脸庞

这是乡村金秋的景象
也是华夏大地上最美的流光

百姓们以勤劳的双手
带来了五谷丰登的辉煌

为山河大地
谱出最美的华章

晚 霞

夕阳缓缓西下
把无限的眷恋
托付给金色的晚霞
向辽远的大地
致以深深的牵挂

让原野山川
化作诗意盎然的图画

晚霞慰藉着人们劳作的艰辛
点燃希望的灯盏
给前行的足印

晚霞是永恒的缪斯
那柔柔的光泽

注入熠熠的光华

阳光的赠予

阳光张开七彩的翅膀
在太阳温柔的目光中
快乐地飞翔

再现可爱的笑容

阳光拥抱绿叶
那蕴藏在植物周身的生机
立刻沸腾开来
长成壮硕的枝干

阳光吻上人们的额头
用融融的暖意
化开人们心底的寒冰
让人们的眼角眉梢

阳光结缘冰雪

大地春水潺湲

阳光抚慰原野

原野一派生机

阳光在飞

播撒七彩的梦幻

花香袅袅，绿浪连绵

阳光在飞

鸟雀成群，蜂蝶翩翩

生活处处红红火火

大地时时充满欢歌

大山的炽热

下雪

遮不住大山的巍峨

阵风

摇不动大山的稳重

春天到了

大山穿起了绿装

让山河多了秀丽

秋天到了

大山捧出瓜果

让大地满载丰硕

鸟雀们呼朋引伴

鸣蝉也打开了喉咙

大山静默着

却用炉火般的炽热

托出漫山遍野的生机

我们生活在大山的怀抱中

感受它的律动

它云卷云舒的沉稳

它岿然不动的气魄

河畔人家

我在乌江口安营扎寨

在远山间扬鞭跃马

高举手中的酒杯

邀天边的明月

和远古的圣贤

在河畔人家春种秋收

在群星之下

把饱满的稻谷

酿成美酒

慢慢饮着,慢慢回味

在诗意浓浓的河畔人家

感受生活的滋味

丰收礼赞

丰收了

大地微笑着

双目低垂

温柔地捧出

终年的积蓄

江上百舸争流

陆地莺飞草长

蓝色星球

蓄满生命的活力

飞鸟、稻谷、婴儿

以各自的独到方式

向母亲大地

献上真挚的感恩

异域风三首

苗　寨

鱼戏莲叶间

春天的鬓角就乱了

苗寨姑娘的芳心

也乱了

整个苗族的村寨

却因此变得更加清幽

炊烟袅袅之中

也更多了些许

迷离的梦境

以及些许

芦笙的悠扬

苗歌古韵

是牛角的浑厚

还是芦笙的悠扬

随着那一声声古韵

天边喷出万道霞光

苗族村寨中的人们

燃起袅袅炊烟

一个生机勃勃的黎明

向着热情的人们

快步走来

苗　绣

五彩的丝线

穿行于时光的经纬

指尖轻舞

交织出烂漫的云霞

绢绢苗绣

化作神奇的图腾

轻叩远古的洪荒

山峦巍巍，明月皓皓

拥抱光芒

无论黑夜

将我的影子拉得有多长

我都没有放弃拥抱光芒

我坚信

有阴影的地方

必然有光

无论岁月

给我的面庞写下多少沧桑

我都用笑容代替惆怅和慌张

我将伸出手臂

拥抱光芒

拥抱光荣和梦想

皇欲食花茶

一杯氤氲的皇欲食花茶

芬芳袅袅

那尚在水中起伏的叶儿、花儿

尽情舒展着，用生命的余韵

完成最后的回馈

胸腔中有暖流

在回旋，在扩散

再汩汩地流注周身

流注四肢百骸

头脑的混沌和倦怠一扫而光

取而代之的是清朗，是聪颖

是思维的活跃

是神志的舒泰

哦，多么神奇的皇欲食花茶

水色渐浓，芬芳也更加馥郁

轻呷一口，那香

便溢满唇齿之间

多么精致的人间烟火呀！

轻轻地咽下一小口

春天，伴着活跃的气息

那沉淀在泥土中的精微

便沿着作物的根须一路攀升

抵达叶，抵达花

在光下

它们实现了华丽的转身

它们积淀着，成长着

日复一日地积累

直到功德圆满

直到捧出沉甸甸的奉献

直到大自然的馈赠

在这里化作高傲的桂冠

这里是亳州，这里是药都

有皇欲食花茶产业园

有大片大片的花茶种植基地

这里是叶的海洋，是花的世界

看吧，白芍袅袅婷婷，高洁素雅

玫瑰热情奔放，争妍斗艳

牡丹色泽鲜美，雍容华贵

菊花飘逸淡泊，傲然挺立

叶子在微风中起舞

花儿在阳光下歌唱

在这黄河冲击形成的扇形平原上

土壤肥沃

气候温和，光照充足

更有亳州的母亲河——涡河

日夜守护着、滋养着

这完美的乐园

基地的作物快乐地舞着、生长着

药都的名号响彻寰宇

亳州人的血液中早已融入

君臣配伍，阴阳平衡

而今

亳州的精英们顺势而为

利用家乡优势

精心研发出各种花茶

搭配有据，制作有方

叶、花、籽实等的不同组合

种类繁多

菊花决明子茶

冬瓜荷叶茶

红枣桂圆枸杞茶

红豆薏米茶……

1000多种花茶

让亳州又多了一张亮丽的名片

再饮一杯醇香的皇欲食花茶吧

这是历史长河中

亳州大地上

孕育出的晶莹浪花

它浸淫了岁月的清气和风华

它珍藏于名士的诗词歌赋

也流淌在民间的渔樵传说

饮一杯皇欲食花茶吧

在崭新的历史时代

为了人们对美好生活的需求

它又谱写着新的华章

我在梁平等你

这是热情的邀约

原野敞开怀抱

溪流唱响欢歌

这是视觉的盛宴

竹子吐出新翠

湖水倒映晴空

这是心灵的港湾

碧霄的鸟鸣

招朋引伴

一片净土响起古刹的钟声

荡污涤垢，波澜不惊

走进梁平

你会以为误入一幅水墨丹青之中

天的蔚蓝和山的青黛

依偎着、映衬着

林海的碧绿和溪流的银白

扶持着、共生着

两只飞鸟正划过天际

优美的羽翼

化作你心底的永恒与沉醉

我在梁平"双桂堂"等你

这是修行的法地

这是开智的道场

今天在这里播下善因

他日在心底盛开莲花

我在明月山等你

这里铺展湖光山色

有望峰息心之妙

这里弥漫着鸟语花香

蕴藏窥谷忘返之机

激流瀑布播撒着明快和力道

涧水淙淙传播着柔和与韵味

我在双桂湖国家湿地公园等你

"渝东粮仓"敞开宽广的怀抱

迎送候鸟的来去和中转

草肥水美的画意诗情

在艺术家的审美情趣中翩然起舞

这是国家青少年自然教育绿色营地

我在"百里竹海"等你

看风入竹万竿斜

听竹涛细雨缠绵

竹叶婆娑，笋芽破土

生命的张力展示着、述说着

化作宏大无边的启迪

我在筹办中的中药材市场等你

这将是中小学生的研学基地

一双双细嫩的手在操持着

一双双求知的眼睛在端详着

中药气味在熏染着

他们好奇着药物的相生相克

他们领悟着药物的阴阳平衡

中医药的文化播撒着光和热

古老的智慧焕发着生机

我在筹办中的书画基地等你

这是艺术的圣殿

这是交流的中心

同仁在这里切磋砥砺

有如春雨滋润新绿

这是作品的展馆

经典在这里高悬

恰似引航的灯塔

这是学子的教室

指端用功，撇画研习

化作登堂入室的阶梯

我在筹办中的影视创作基地等你

自然与人文联姻

故事与场景结缘

拍摄时，这里是求索的圣地

一场场、一幕幕全是精品

休闲时，这里是旅游的景区

方方面面都是乐园

打造名气，托举如日出东山

迎合市场，吸纳似百川归海

我在梁平等你

这里山清水秀，人杰地灵

这里名胜古迹遍布

我在梁平等你

这里昂扬进取，活力十足

这里新生事物层出不穷

我在梁平等你

这里空气清新，气候宜人

我在梁平等你

我在梁平等你

药都恋歌

我是一支千年的药草

在高高的云端飘摇

白云是我的衣衫

星光是我的珠宝

亳州是我的故土

不息的涡河水

日夜弹奏着我的恋歌

在辽阔的亳州大地上

我的家族世代繁衍

他们饱览了病魔肆虐的疾苦

深怀普度众生的情怀

他们五味并蓄，君臣搭配

他们期待救治，盼望奉献

终于

一个劳碌的医者行走在涡河两岸

他用医者仁心与百草结缘

他用阴阳平衡安置君臣佐使

他开发百草的药用功能

他积累百草辩证施治的奇效

他让一位位病人康健如初

他让一波波瘟疫销声匿迹

他的名字叫华佗

他成了亳州人顶礼膜拜的神圣

它赋予百草以神奇

它赋予亳州以名气

他是麻沸散的发明人

开创古代麻醉学之先河

他精通外科学

古代医学的桂冠因他而熠熠生辉

他撰写了《青囊书》

亳州因他而有了灵性

千年药都彪炳史册

亳州从此浸透了药香
绵绵慈心在这里流淌
这里写满了中医的传奇
也让药都人活出了最好的自己

涡河两岸芳草菲菲
北关老街明月皎皎
这里的街巷写满安居乐业
这里的人们洋溢着欢乐富足
曹操横槊赋诗的豪迈
画出了建安的无限风光

华佗《青囊》残稿的余韵
谱写出百世的旖旎药香

西风憔悴了红颜
却无法凋零岁月的积淀
行走在涡河两岸
穿行在华祖庵前
远处高高擎起的药都大旗
正在迎风招展
我的故乡亳州
正以日新月异的面貌
赢得世人的敬仰和爱戴

红 豆

我是一颗如血的红豆
长在华祖庵那斑驳的路口
洗药池的碧水润泽我的童年
华佗老祖的神像
告诉了我药都文明的源头

我是一颗如血的红豆
陪伴了每一个家乡子弟的成长
幽微的药草香萦绕在鼻尖

风轻云淡，新月如钩

我是一颗如血的红豆
故乡名满天下
药都的名头源远流长
芍药开遍原野

我是一颗如血的红豆
当你踏遍千山白发满头

我依旧在你内心汩汩地流动

而今
你就是我的亳州呀
漫天药香让我怀恋

每一个日出
都是我骄傲的根基
你的步履
因为我而稳健踏实

药香唱亳州

风吹高树根不动
斗转星回情难移
刀切流水切不断
蒲草如丝永难分

少年誓，两不疑
点点花香在心里
十月金秋唱亳州
中华药都写传奇

华佗留书传后世
《青囊书》内藏真谛

五禽戏强健体魄
浩瀚中医华章续
三曹诗篇多风骨
从此文风一时新

故土亳州相见难
终是悠悠行梦里
少年离家何时还
叩问归期未有期
时光落尽只一笑
唯有自强报桑梓

道乡的月亮

——谨以此诗献给"东稀堂"

最早知道东稀堂这个名字
我便惊诧于它的美丽
东方国度，稀世之珍
珍宝荟萃，满目琳琅
那是何等的异彩流光

如今，这汇聚东西方珍奇的东
稀堂
落户在洞天福地的太清宫
扎根在巍巍道乡

这里有妙手的丹青书法
青绿山水中，汇集天下钟灵毓秀
写满了世间的雍容与雄奇
这里的丹青不拘一格
这里的书法银钩铁画
就如同诗人吟唱的那样
远山从纸上凸出章节
草木从墨中逸出偏旁

天地打翻了道家阴阳

倾倒出的墨汁
以秋水为魂，以花鸟为魄
以远山近水为伏笔
以檐下铜马为句读
用《道德经》作为药引
将堂前草叶上的一只蝴蝶
轻轻唤醒
东稀堂富有四海
这里是艺术的集散地
也是生活的多面手
亲爱的旅人
如果您困了累了
请您来到这里
半生颠沛，就着一壶浊酒喝下
一世流离，不过唇齿茶香

这里有琳琅满目的文创产品
有芬芳甘冽的美酒
有霓虹灯一般的青春
也有黄昏之后
笑容温婉，岁月动人

这里是东稀堂
汇聚东西方艺术珍玩
也是购物天堂
既带给世人便捷生活
又带给世人诗和远方

古典与现代
民族和海外
就这样奇妙地融合在一起
彼此温暖，却又不会遮挡彼此的
光亮
似乎每一个物品的归宿
都属于这片书香和木香

我庆幸在圣洁的太清宫
有这样安静的草堂
它为我牵来艺术的芳香
抚慰我的九转幽肠
给了我仰天大笑的勇气
带我在这洞天福地之中
仰望道乡的月亮

扎根于太清宫

在阴阳调和中绽放
它以海纳百川的包容
将世人的心灵点亮

一方小小的斗室之中
将东西方的美妙珍藏
为人们带来享受
也为人们带来幸福

挑一肩风雨
藏万种锋芒
承载起美好的希冀
锻造出新的荣光

我披着星光在窗前坐下
眺望遥远的东稀堂
每一朵花里都有一座天堂

伸出手去，抚摸天空
我看到了倾洒的月光
以及那枚
在我掌心的月亮

门前的柏舟

——谨以此诗献给"太清宫"

推开古老厚重的门
踏着一地树荫
我来到了雕梁画栋的殿堂
花香四溢
曲径通幽

看先天太后之赞碑上
是否还有我残留的目光
听檐下铜马周围
是否还有我熟悉的吟唱

在道教音乐中
听虫声沉落，听鸟鸣声扬
啊，太清宫，我来了
你可还记得我的模样

这里是圣贤老子的出生地
是涡水边的福地道乡
想象两千多年前
老子在这里仰观俯察

看阴阳在此相冲相合
万物顺道在此生长
道家思想从这里起步
从此一泻宛若汪洋
迈入新的时代
传统文化仍在这里弘扬
今天，又成为探讨书画艺术
传播清风正气的会场
书画渲染着人生的斑斓
笔尖荡漾出盛世的华章

泼墨人生，写出洒脱的狂草
丹青红尘，舞出生命的悠扬
亲爱的朋友啊
请来"东稀堂"
位于太清宫的这间斗室

从此艺术之路上
你不会再踽踽独行
而是有了
书画探讨的良伴

升华艺术的良方

狼毫似铁帚横扫大千世界
五色如花雨送来缕缕祥光
看岁月俯首侧身
沉浸其中，不问浮尘俗世
听耳畔传来阵阵雅乐
晚风吹送阵阵兰花的幽香

宣纸上的一枝红荷
是你的眉心一点
月光下矫若游龙的狂草
是谁的心事在喃喃诉说

今夜，撑一支清瘦的毛笔
让我们牵来一片月光
今夜我们只谈风月
将墨磨浓，把笔蘸饱
将艺术与美学孜孜构筑
在遍地金黄的金秋九月
在这个红旗漫卷的时刻
亲爱的朋友啊
请来到太清宫中
参与我们的论道

不分上下优劣

没有高低对错
我们不谈世俗经济
只讨论丹青翰墨

太清宫如柏舟一叶
东稀堂创下净土一方
这里没有文艺的囚徒
只有洁净的灵魂在交流思想
这里有《道德经》
有笔墨丹青激烈碰撞
太清宫的柏舟啊
要将迷途的旅人
送到他想要抵达的地方

今夜，门前停泊着一叶柏舟
于是那些文字和画面便越发鲜亮
文字上覆盖着皎洁的月光
笔墨中孕育着炽热的诗行

天冷了，点上一只红泥小火炉
炉上热一壶老酒
喝到兴起，在月光下抱膝长啸
想来最潇洒不过

亲爱的朋友，让我们一起
甩掉脚上的皮鞋

脱下笔挺的西装

穿上木屐草履

戴上草帽斗笠

然后携一袭秋风

把涡河水一饮而尽

吞吐出崭新的诗篇

高举弘扬书画艺术

助力传统文化的大旗

跟随千载涡水的灵韵

演绎出生命的律动

亲爱的朋友啊

不要让时光虚掷

且去涂抹一幅丹青

一幅墨宝

且来传递出这世上的正能量

让我们共同缔造我们心中的圣殿

唤醒更多人对传统文化的热爱

共同呵护出艺术的清朗

在这里，我们可歌可舞可悲吟

可笑可唱可孟浪

且去恣意悠游，哪管行为无状

哪管那顿笔处，是否惊起了

秋天的白鹭

哪管那婉转处，是否多了一丝

粉墙黛瓦中不必要的飞白

哪怕那几声野腔歌唱中

隐藏的冲天力量

将月光撞倒在地

好响好响

光　山

光山

你北枕淮河水

南依大别山

高低俯仰

自成阴阳态势

动静相依

育化仁智根基

藏风聚气

你是豫东南粮仓

浸润中原文明的洗礼

你是温良与勇毅的温床

勤劳善良的光山人

祖祖辈辈在这片土地上繁衍生息

司马光砸缸的遗迹

还有那一代名相处变不惊的美谈

邓颖超成长的故里

正述说一代女杰自强不息的史实

你是大别山革命老区

是将军的摇篮

是战火中擎举的旗帜

步入新征程

你紧跟时代的步伐

人地和谐

你是"绿水青山就是金山银山"

的典范

脱贫攻坚

你是"撸起袖子加油干"的楷模

悠久的历史

灿烂的文化

孕育出你多姿多彩地方文化

名胜古迹繁多

红色旅游基地林立

花鼓戏、皮影戏广为流传

司马光家宴香飘大江南北

优越的地理环境

催生出独具特色的地方经济

粮、茶、油全面发展

油茶树鳌头独占

茶花艳丽清香,风景独特

茶油被誉为东方橄榄油

啊,光山

你山清水秀

物阜民丰

啊,光山

你光彩夺目

人杰地灵

啊,光山

你有讲不完的名人轶事

你有道不尽的创业传奇

你有辉煌的历史

更有美好的未来

啊,光山

我爱你

亲情浓

六月榴花红似火

——谨以此诗献给我的父亲

小时候，父爱是一条河
我是河上飞来飞去的小鸟
听着哗啦啦的河水长大
父亲用他的博大和无私的爱
滋养了我
让我围着他，自由自在地放歌

再后来，父爱是一座山
我是山前无忧无虑的小草
在春光的沐浴下成长
父亲舒展开宽大的臂膀
环抱呵护着我
让我依偎着他，品味生命的快乐

成年后，父爱是一棵树
开始着生命的接力
养大了我们这群儿女
又跟母亲一起抚养他们的外孙
将呱呱落地的婴孩儿
养成玉树临风的翩翩少年

如今，我的儿子也已经长大成人
即将走进婚姻的殿堂
如同一株小苗，已长成了大树
而父亲却已经离去
飞上遥远的天堂
让儿孙们空怀了
子欲养而亲不待的怅惘

今天是父亲节
在这个神圣的节日里
当我沉浸在亲情的甜蜜之中时
我更加想念您，我的父亲
感谢您缔造出一个温暖的家
让我感受到爱的宽广和博大

父亲，您总是付出太多
却不计回报
为了这一群儿孙的成长
您操碎了心，累弯了腰
而今，那棵我印象中如山的大树
却静静地躺在了一抔黄土之中

伴着孤寂的山峦和头顶的冷月

您可知道，您的外孙也将扛起男
人的担当
娶回如花的新娘
扛起家族延续的重任
一砖一瓦缔造爱的大厦
一如您当年的模样
踏破冬日的霜雪
迎来温煦的暖阳
让我们的家庭吉星高照

让我们的日子
红火如六月的榴花

啊！父亲
在这个烂漫的六月天里
愿我们在欢聚的家宴上
打开那一壶陈年的老酒
一饮而尽
然后
在浓浓的父爱里
沉醉

母　亲

您给我的爱
让我一生享用不尽
您无私的馈赠
我一生也偿还不清

母亲的脸
被岁月刻满
细密的皱纹

您用瘦弱的身体
肩负起生活的重担
阵阵捣衣声中

我的青春越发闪亮
您的青春却在光阴的淘洗中
日益残褪

为了我们
您无怨无悔
我们一天天壮实
您一天天憔悴

我们一个个成家立业
您的操劳非但没减轻
反而加了倍

您也曾拥有健康的身体
容颜娇美
如今老朽衰迈
满头乌黑的秀发
根根枯涩泛白

为您梳着头发
灵魂深处写满对您的歉意
母亲，即使我将拥有的一切都
给您
也换不回您流逝的年华

也还不清您博大的母爱

您的爱
我将如何报答
您的情
今生怎能偿还
我只有辛勤耕耘
报效祖国
方能了却
那颗博爱深沉的
母亲的心

致妈妈的一封信

妈妈！妈妈！
敬爱的妈妈，您可曾听到
女儿此刻的呼唤
此刻夜深人静，明月在天
此刻
劳碌之后的我，终有了
甜畅的闲适和安宁——
感谢上苍在母亲节的前夜，让我
能全心全意
思念我的母亲
思念源于深深的牵挂

亲爱的妈妈
记得从 2016 年 1 月 29 日，您生
病以来
您的健康大不如前，您的人生
步入了经常吊水的旅程
您的面色
也由红润转为苍白

尽管儿女们不断给您调剂滋补
可收效总是那么微弱
从那时起，我对您的牵挂

便如影随形般无处不在

从那时起，我的心头

便如压了重重的石板

再大的愉悦

也掩不住压抑和伤感

思念源于无尽的感恩

您把儿女们带到这个世界

您用辛勤和劳碌给了儿女们家的

温暖

因您

我们的童年充满快乐

儿女们远行，你不舍的泪花

让我们感到亲情的可贵

儿女们归来，你满脸的笑颜

让我们感到家的温馨

敬爱的妈妈，想到您

我们的心里

就涌上无限的感激

思念源于真诚的祝福

在遥远的异地

我祈求家乡的山神土地

保佑我的母亲吧！

让这个善良的老人摆脱疾病的

纠缠

有一个安详健康的晚年

我祈求大慈大悲的观世音菩萨

保佑我的母亲吧！

让这位勤劳一生的老人

陪伴儿孙们，永享天伦之乐

啊！敬爱的妈妈

明天就是母亲节了

在此刻，我为您送上深深的祝福

祝您母亲节快乐

也祝愿普天下的母亲

母亲节快乐

赋"杂然堂"

"杂然堂"——
一股带着怪味的文气扑面而来
古人结庐而居题名斋号的意象何
其优美
"南阳诸葛庐，西蜀子云亭"
杜甫之草堂、辛弃疾之稼轩……
对于一直置身于艺术海洋中的你
早就该有这样一座玲珑楼阁

那么可以说"杂然堂主人"
就是为你所用、为你所独有的名
号了
"天地有正气，杂然赋流形"
每每想到此这句
都会有嗖嗖的凛然正气
仿佛伸手就能接住
来自丝路上飘飞的花雨
放于掌心细细端详
想象你青灯照壁深夜伏案
是不是比天边的星光更加婀娜
想象你在桌边吟哦，思接万里意
通古人
有没有引得诗国的骄子泪雨滂沱

记得你朋友圈里的个性留言
"伟大是熬出来的"
在常人眼中
艺术是一种有意识的创作
但你却经常用随意的挥洒
创造你独到的"意识与思索"

我想，这"杂然"二字
不单单指的是你艺术品的纷呈
绚烂
墙上多彩和琳琅的苗绣
毕加索式的画意
鲁迅式的诗作
形体化的书法……
更是你创作的恣意
意识的昂扬

我想，"杂然"
又何尝不是你的性格呢
你是个不拘礼法的人
纵横洒脱信马由缰
桀骜不驯又不乏侠肝义胆
你的内心诚挚

有着人生本色的无尘与鲜亮

如你兄弟所言——
你是大山里的栗子
长满芒刺的外表
却包裹着美味的果实

你是儒家的信徒吗
在这一点上我并不确定
但我知道你恪守着大成至圣先师
的品格
三十而立　外化内不化
我本是我　我只是我

有人说你是中国的毕加索
我想，毕加索的构图和线条
只是你与这个世界对话的一种
方式
你作品中的意识形态
远比这多样和婆娑
我想，你受西洋画派浸染多年
但骨子里依然是华夏衣冠
将作品藏之名山传于后人
是多少大儒毕生的心愿

我要恭喜你

你终于有了这样一座精神的华
屋了
去盛放你那用荆棘编织的花冠

往日时光里
我跟你交流着诗歌和艺术
但对外面那百鬼昼行
潮湿阴暗的都市丛林
避而不谈

但正是这种环境
让你在斗智斗勇中成长
淬炼出一身的肝胆
经历世俗激烈碰撞
穿越人间飞短流长
你最终找准了艺术的切入点

在你的绘画王国里
你是永恒的王
你的世界蝴蝶翩飞
你的天空龙跃鱼凫
你说你的画只是性情式涂鸦
在我看来你的作品早已超越笔法
和构图

是否艺术的指向

都是永恒的死亡和虚无

你的艺术中有你深沉的思索

有你独到的感受和体悟

如今你终于有了自己灵魂栖息的

华屋了

在这里你将创作更多传世的佳作

世上的艺术都是相通的

可游目于水墨

可徜徉于高古

可迷乱于苗绣

可纵情于山谷

自在，随心，随性

你的艺术作品

是你最好的名片

也是了解你性格的一把钥匙

是通向你内心的一条路径

那么"杂然堂"

应该就是那扇等待被打开的门

这叶尘霜满面的孤舟

终于找到了停舟借问的渡口

你抱膝而坐偃仰啸歌

吐出巴山黔水中的锦绣

你以五千年的文明为骨

以毕加索的线条为皮

将丹青引入诗的源头

如同你画中反复出现的眼睛那样

你低垂着双目

看向大地之母

聆听乌江那令人战栗的呐喊

凝望脚下

这被米酒和诗意浸透的厚土

你天然便是这片土地上

诞生的一双眼睛

画里裹挟着乌江的水气

米酒的芬芳

以及年轻的表象

耐心地用一颗诗心

去抚平大地的褶皱

你画的是画

但我读的却是诗

品味的却是哲学

你的丹青

让我想起聂鲁达

那位文风兼具优美和冷峻的诗人

对世上一切美丑

你从不回避

因此你的作品才会鞭辟入里

想象万里之外

你独坐于杂然堂中

铺开画纸调和色彩

将这片土地上的男人和女人

勾勒描画

写入今夜的剧情

世上的一切

仿佛都和你有关

这里是你的精神家园

那么也必然是你事业新的辉煌

起点

想象着在这个浸润着草木清香的

南国

你如同一位君主

俯瞰你的城邦和领地

此时此刻

为你举杯

恭贺你的家园落成

愿你从此春满月融

心境澄明

芳菲的愿望

——谨以此诗献给我的宝贝孙女云汐

亲爱的小云汐

你知道吗

你的名字来自小说《芸汐传》

女主人公是一位风华绝代的

传奇女性

为你取这个名字

可见祖辈父母对你的疼爱和期许

你两岁的时候

来到我的身旁

从此我们祖孙二人

如同两朵双生花

相傍相依

你的可爱将我治愈

你的灵气与聪慧

一次次给我惊喜和希望

在我几无察觉中

时光缓缓地流动

而你也长大了
从一个软糯糯的小肉团
初长成粉雕玉琢的大姑娘

今天你要过生日了
奶奶思量再三
还是坐上高铁
穿过一路的天光和田野
回到我的小云汐身旁
看着你明媚的小脸
和一屋子的奖状
奶奶才恍然觉得
十一年悄然过去
时间催红了樱桃
染绿了芭蕉
也让我的小云汐
成为我一早期待的模样
奶奶期待着我的小云汐
早一天长大成人

看着你的照片
面庞如中秋的月
身姿似亭亭的荷
有着阳光一样的明艳
有着水晶一般的澄澈

愿你的根一直向下生长
根植于丰饶的大地
去吸纳丰沛的营养
愿你的叶一直向上托举
去迎接天光和云影
长成开花的树

愿所有的风霜和雨露
所有的欢乐与光亮
都成为你内心的风景
伴随你一路成长
一路如同星光绽放

愿你的每一步的成长
都在时光中留下记忆
愿你踏实笃定
愿你灵气逼人
愿你执着奋进
愿你思想深邃
愿你玲珑单纯
愿你的每一天
都目光坚定
步履不停
让自己活成
众人眼中的榜样

愿茉莉的花香

编织你梦中的衣裳

在你十一岁生日的这天

把握你生命的主场

从此笑对人生

如同诗中所写的那样

做一株亭亭的荷

掬一捧明月流光

笑对世间风浪

绽放生命的华光

愿你的前途既有星辰大海

也有如梦春光

愿你的眼底既有月华拂过

也能暗藏锋芒

愿你的脸上写满笑容

岁月不见风霜

愿你活成一棵树

阳光下拍起小手

拥抱尘世的骄阳

携带一身的芬芳

这就是奶奶对你写下的

芳菲的愿望

十八岁果实

——写在吾儿裕旸成年礼

人生的果实有很多

十八岁的时候

在我柔情的注视下

你拥抱了，属于你的成年

听到家长群里的通知

要给孩子写一封信

当作给孩子的成年礼

我才惊觉

——儿子，你长大了

不再是公园里找不到妈妈

四处大声哭喊的幼儿

不再是那个拿着一角钱

蹦蹦跳跳去买糖果的孩提

一棵柔弱的小苗，成长为有着十八圈年轮的树

为了拥抱云天，而努力地踮起脚尖

往事一一漫过心头

孩子，记得小时候

你感冒嗓子发炎

我却以为是卡着异物

吓得心如擂鼓，泪流满面

恨不得肋下生出双翅

一步跨到数百里外的医院

当我知道是虚惊一场

我长长地舒了口气

暗暗发誓，余生不再离开你的身畔

记得多年前，我被飞驰的汽车撞倒

倒地的那一刻，我脑海中闪现的第一个念头

竟然是，今天晚上

我陪不了孩子了

今天晚上，我看不到你的小脸了

为了早日陪伴儿子

只住了五天院

拄拐杖也要看到你

托孩子福，我没有留下任何不适

总觉得为母则刚

要为你提供最好的生活

但从那天开始我才知道

跟金山银山相比

孩子更需要的是母亲的爱怜

你五年级时，因为学习优异

妈妈有幸作为家长代表

参加了学校的颁奖仪式

当我坐到贴着你名字的椅子上

看到宽大的主席台，看到大操场上

师生家长庞大的阵容时，我都怀疑

这一切是不是都在梦里

当我站在主席台上

当你用稚嫩的小手，把鲜艳的大红花

戴在我的胸前，我哭了

我甚至忘记了台下的掌声

儿子呀，那一刻

妈妈是多么荣耀呀

105

我的小鹰从呱呱坠地
到如今的英姿勃发
成长的路上不乏龃龉
但更多的是相守相伴

忘不了儿子你为我过的生日
给我送的礼物
虽然屡屡跟我斗嘴
疫情期间
却又霸道地阻止我接触快递
把渐渐年老的我
紧紧呵护在你的身后

想到这一切的一切
感慨，喜悦，内疚，伤感
所有的感情奔腾而来
铺天盖地地将我席卷

父母为你取名叫裕旸
希望你丰衣足食
生命中洒满阳光
而你也确如我所期盼的那样
健康，蓬勃，善良，阳光

当我看着你高兴地跟我展示
你新买的西装

笑着说要穿着
给大哥当最帅的伴郎
那一刻
我仿佛挂上荣誉的勋章

总是改不掉操心的习惯
却忘记你早已经长大
有了毛茸茸的小胡子
和钢铁一样伟岸的胸膛

明天就是你的成人礼了
妈妈身在千里之外
心却飞回你的身旁
妈妈缺席了你的典礼
却始终不会缺席对你的爱

今夜，我谢绝一切邀约
提笔写下这首给你的小诗
也把我心中对你的情感
倾吐成炽热的岩浆
十八岁了，你将握有人生的自由
可以自由自在地把握青春的航向
希望你在感谢一切帮助过你的人
们的时候
有更广的胸怀，去感谢那些伤害
过你的人们

只有被苦痛淬炼过的灵魂

才会锋利洁净,坚强如钢

儿子,愿星辰大海都横亘在你的

前方

愿你如你所希望的那样

成为国之栋梁

愿你遇良人

心里有方向

脚下有力量

愿你改掉一切不好的习惯

愿这世间美好,终将如你所想

愿你考取你心仪的学校

愿你能在今后

收获你所有人生果实

愿你的脚步永远坚定没有彷徨

愿你矢志向前,成为最美的人间

后浪

啊,我的儿,

明天是你的成年礼

我会久久地向你眺望

用心为你歌唱

致儿子

儿子

你是我生命的一部分

我深深地爱着你

每时每刻都牵挂着你

在你的体内

流淌着我的血脉

你的脸庞

还闪着我青春的光彩

在你的成长中

寄托着我的明天

当你睡去

我凝望你安详的睡姿

我品味你平静的呼吸

我谛听你喃喃的梦呓

从你的身上

我看到了希望

我心灵上的阴云
一扫而空

看你无忧无虑地玩耍
我舍不得让自己的眼睛休息一下
从你稚嫩但日益熟悉的动作里
我重新找回了

失去的自己

我不会停止努力
我只会加倍地爱你
因为你是我生命的延续
是我今生的传奇

诗意的红烛

老师的教导
如同阳光雨露
滋养着一颗颗心灵
让稚嫩的生命变得丰盈
让缤纷的梦想
装满了青春的旅程

老师的笑容
如拂面的春风
一株株幼苗扬起面庞
在老师的爱抚下茁壮成长

老师的眼睛
如高悬的明灯
为懵懂的我们

照亮前进的方向

在历史的天空里
老师是耀眼的星
举着求索的孤灯
让民族的文化薪火相承
用辛勤付出
奠定民族的昌盛
以自己的口传心授
勾勒民族的蓝图

啊，敬爱的老师
您是辛勤的春蚕
是滋润的春雨
是诗意的红烛

难忘师恩

老师是智慧的太阳
那慈祥的面容
永远洋溢着和煦的阳光
播撒着光芒
却把沧桑的皱纹
写进自己漫长的岁月

春去秋来

您支撑着孩子们的梦
也支撑起
祖国的未来和希望

默默耕耘
看桃李，繁花满枝
即使一头银发
也满是矍铄的笑意

秋满杏坛

九月了，秋风吹红了枫叶
那是天地间摇动的旌旗
教师们仿佛遵从着召唤
坚守在各自的岗位
悦耳的上课铃声
是教育园地擂响的战鼓

九月是丰收的季节
金风送爽，丹桂飘香
今天是教师节

在这个特殊的日子里
我点起诗意的红烛
穿越时光，将往昔轻轻回想

在您培育过的枝枝桃李之中
我不过是最平凡的一枝
多年时光过去了
往事依然历历在目
它们并不如烟
我都一一记得

三尺讲台
您将文学的种子轻轻播撒
一支粉笔
助我在求知路上的探索
一根教鞭
带我领略文学巨匠们的灿烂星光
板擦擦去所有的功利
您的笑容更加淡然
气宇更加轩昂
毕业多年
我们在各自的领域盛放

茫茫人海，有幸和老师结缘
因为文字，我们的缘分更加悠长
您因为文采
收获了学子们的敬重
我也从家乡的小城
来到了繁华的北京

从此山水迢递
缘分却在岁月中
酝酿得更加绵长

时光流转，我们已相识半生
当所有的风烟散尽
您的身后已是遍地芳菲
今夜，我点起诗意的红烛
月光下举起杯酒
遥祝老师平安喜乐
无论我走到哪里
也难忘您谆谆的教诲
难忘求学时的欢乐时光
您的教诲如同山泉
映红了桃李满门
您的身影如山巍峨
教会我什么是
岁月如歌

同窗之谊

一片云彩
思念着另外的云彩
如同河水
思念着

整片海洋
想象着
欢聚时的喜悦

110

不管你来自哪里

同窗的日子

永远温暖心扉

你帮我斟酌文章

我帮你记忆单词

醉心在知识的殿堂里

把理想插上翅膀

直到我们不知不觉

各奔东西

心间珍藏着

岁月的痕迹

月儿的圆

常常融进思念的泪珠

再聚首时

心里洋溢的

是岁月的甘美

不管如何平庸

不管如何卓越

一同沐浴在友谊的天地里

终生难忘

让我们

共同举起

同窗共读的美酒

让人生在同学的友谊里

尽情地陶醉

情人节之歌

——祝有情有义的人们节日快乐

在这个玫瑰飘香的节日

我感谢那些在生命路口

给我帮助给我关爱的人们

你们让我懂得

情人节并非情人之间的专属

而是世间所有美好情感

在人们心间的重温和启航

又是情人节

我的心中奔涌着澎湃的感情

我有太多想要感谢和祝福的人

我想祝福杨洁姐姐

感谢你对我鼓励支持和信任

你让我深深体会了

"落地为姐妹，何必骨肉亲"

感谢称我为妹妹的您

感谢如师如兄的牧夫先生

你不弃我诗句的稚拙

将我的诗集校勘

你总是认真而耐心地

修正我的缺点

为我的事业建言献策

甘愿当我事业的导航

指引我前进的方向

助我通向艺术的殿堂

感谢孩子的恩师宣颖华

感谢您成为孩子人生的太阳

有了您，他成长的路上

才有了知识的哺育

才有了亲人般的温情陪伴

感谢所有的师长和亲友

你们的关爱和信托

让我铭感五内

每每思及你们

我的心中，就流淌起

一曲曲温暖嘹亮的歌

感谢我的儿子们

感谢你们对妈妈事业的支持和理解

妈妈衷心地爱你们

但不希望用枷锁去限制你们

因为我们都有着各自独立的灵魂

我们的人生也应该是自由而宏大的

孩子们

妈妈衷心祝福你们都能

随心所欲地

拥抱自己想要的人生

不要背负太过沉重的包袱

不必受世俗条框的束缚

我们永远沐浴在母子亲情之中

情人节

是天下有情人的节日

我祝福所有的兄弟姐妹

祝福那些待我如师如友

亦父亦兄的良师益友

感谢你们无私的关爱和教诲

祝福我所有的挚爱亲朋

祝福大家平安顺遂，富贵康宁

祝福我亲爱的晚辈们

祝孩子们心无褶皱一路阳光

你们是我人生最美的果实

是我情感之路上最美的遇见

在茫茫人海中幸遇大家

倾心相交，相识相知

彼此欣赏，彼此扶持

我的人生旅途繁花似锦

此时此刻

纵有万语千言

难述心中感恩之万一

在这个温馨甜蜜的节日

祝愿我生命中有情有义的人们

祝愿我所有的亲朋好友

也祝愿天下有情有义之人

年年有今日岁岁有今朝

祝大家节日快乐

中秋感怀

在月亮升起的时候

鱼儿跃出海面的碧光

天边传来悠悠的琴声

那是耳熟的望月怀远

——海上生明月，天涯共此时

人们端出月饼

摆上瓜果和米酒

对月小酌

而他们的内心

便升腾起恬淡的欢喜

他们用斟满美酒

表达着

对家人浓浓的祝福

院士篇

张家祥院士 ①

发现新星已出奇

两弹一星居功伟

彗木相撞预报神

不计甘苦挥汗雨

彗木碰撞见端倪

星球折桂不一般

数值模拟又占先

功业颂：孜孜以求硕果强

"祥和"伴日永辉煌

钱志道院士

工兵厂里信如神

火箭研究立基根

现代国防铸传奇

民族解放系一身

奔赴延安不辞辛

纵使蒙冤不惰志

恢复工作又驱驰

---

① 这部分写了十八位院士，写诗的初心是三年前我看到优秀的张飙老师写的《科海追星》（四百零六篇院士书法与诗文）在《城市档案》公众号上点击率不尽如人意，内心隐隐作痛。我就动笔写关于我国科学家的诗文，并想通过一个活动，让大家更多地了解科学家们的事迹，并以科学家为榜样，发奋学习，报效祖国。

写着写着，我的视野逐渐打开，我的笔触涉及更多层面。

我写到了革命前辈，写到"两弹一星"功勋科学家；我写到二十四节气，写到可爱的花卉；我写到人与自然，人与健康……

我发自内心的是想让青少年认识可爱的大自然，树立人与自然和谐统一的理念，根植励志报国的理想。同时也告诉大家，读书会让自己汲取榜样的力量，成为时代的俊杰，朗诵会让自己更优秀。

忠魂曲：始终深怀报国志　　｜　　一片丹心铸辉煌

杨芙清院士

软件事业铺路基　　　　　　提纲挈领抓启智
青岛工程迎新春　　　　　　传递精髓育后援
筹建学院树旌旗

　　　　　　　　　　　　　治学铭：问题意识首当先
七十高龄建学院　　　　　　探索突破方法传
百年大计不等闲

周同惠院士

化学色谱相印证　　　　　　齐心协力求突破
兴奋剂上检测精　　　　　　亚运药检筑国光
亚运会中立奇功

　　　　　　　　　　　　　自信：艰难窘境不在意
签订协议不寻常　　　　　　开怀大笑值万金
艰巨责任担肩上

黄耀曾院士

微量分析首创始
有机氟苑育先知
金属化学领风云

杀菌成果显神威
金雷提取又创新

倏忽获得新指令，
两弹一星立功勋。

丹心谱：勤研苦索补经纶
心血甘抛赤子心

郭沫若院士

新诗拓荒洒细雨
孝古专修成大家
历史剧作启新芽

北伐军里显峥嵘
讨蒋檄文勇毅宏

纵使打压锋芒避
南昌起义又争雄

方法论：除旧布新求拓展
异想求是谱新篇

唐敖庆院士

量子之父创根基
三条定理耀金辉
中国学派声鹊起

学成归国不嫌苦
俯首苦研硕果频

纵然驾鹤开空去
敖庆星辉壮国威

园丁颂：为使后辈异峰起
甘当默默铺路石

胡经甫院士

脉翅目中得新举
昆虫学上首奠基
培树后辈奉苦辛

击破美军生物战
培育新军铸伟功

丹心谱：毕生钻研生物学
利国利民固根基

十二寒暑"昆虫录"
华夏研究业绩丰

邢其毅院士

多肽研究领方向
标记基酸又引航
活性蛋白成首创

待到国药纾困日
新四军中逞英豪

励志铭：秉持"劳思"开伟业
最忌"逸罔"成废人

抛却名利回赤县
药物研发不辞劳

赵宗燠院士

立心石油终有获
建设环保两相生
研发新能争先锋

历时数年不放松
冰消雪霁终有成

难关克服重上路
石油之父留美名

桑榆志：八十尚怀鸿鹄志
鞠躬尽瘁献余晖

谈镐生院士

蒙布张力得公认
马赫反射又立功
旋翼边界显神通

两次上书奉赤心
只为强国谋划真

无情岁月倏忽过
树人成果耀东西

忠魂曲：担当化作千秋雪
光芒浩荡耀神州

丁舜年院士

电机领域起异军
新型材料屡创新

电器工业著功勋

少年宏愿永铭记
努力攀登不止息
待到硕果枝头挂
拄杖回眸天地新

科研魂：莫要等靠白头悔
凯歌常伴挑战人

娄成后院士

首证细胞电偶联
调节剂里育丰田
旱田农业舞蹁跹

研究植物美名扬
用于农业铸辉煌

层层硕果连绵涌
粮食自给国力强

园丁颂：寓道于器不停息
守黑留白布玄机

邓叔群院士

真菌先驱名不虚
森林病理医本根
生态平衡独领军

独选异域研真菌
人工栽培苦追寻

不辞汗洒三千里
昭彰日月映灵芝

忠魂曲：热血化作鲲鹏翼
为报轩辕奋而飞

吴旻院士

规模防癌勠力行
基因疗治紧跟从
"基因组"里显神通

丹心洒作杏林雨
雾时无处不彩虹

励志铭："笨鸟先飞"通俗语
知行合一是圣人

不因时运困心胸
赤脚医生亦光荣

纪育沣院士

嘧啶喹啉相继出
中药研发独辟径
药物化学绝世功

一俟阳光出云雾
极顶放歌慰平生

丹心谱：毕生藏书三千部
赠予科研写赤诚

认准一峰苦攀登
克难攻坚志经营

庄长恭院士

"一面旗帜"喜迎风
"庄式法"出耀寰中

"化学"咖中负盛名

术有专攻底蕴足
慧眼择径不寻同
坐穿寒床终不悔
功夫老处摘明珠

赤子情：抛却名利唯耕耘
开基立业献神州

张孝骞院士

消化病学为本根
深突胃泌苦研析
发热懒食溯源真

"协和泰斗"誉海内
"妙手轩辕"名不虚

赤子情：医之侠者扬善意
济世安民施仁心

研究胃肠著功勋
高筑遗传占先机

共和国之剑

站是一座青山
坐是遍地肝胆
英雄捐躯赴国难
真擎天利剑
擎天剑

为有牺牲多壮志
报国敢把天地翻
天地翻

郯郯钢枪保河山
隆隆炮火护国安
共和国的英雄
我们把你怀念

战地花，分外艳
人生路，如棋盘

你从未去远

未去远

你的事迹众口相传

你的音容在我心间

你的英勇透过硝烟

铸成丰碑，永在人间

在人间

读书篇

读　书

好喜欢"好读书，不求甚解"
更喜欢"每有会意，便欣然忘食"
读书之乐，在修身养性
在独享喧嚣之外的宁静
在体验磨难之上的洒脱

白居易在庐山草堂静读
排遣了内心的郁闷
看淡了仕途的凄凉
更领略到了读书的愉悦
李清照晚年久病床榻
却觉得"枕上诗书闲处好"的

淡然

读书是一剂良药
可将烦忧驱离
可让失意消散
读书之乐
乐在用文字周游世界
开阔眼界
乐在用高雅荡涤污浊
净化心灵
乐在用智慧培树情操
养胸中浩然之气

读书感怀

终于晓得了
书能改命
一个人脚下书本的厚度
就是他人生的高度

读书是最响亮的底牌
可以打破坚固的壁垒
读书会带来中意的磁场
在这个磁场里
万事万物会变得有序而美好

阅　读

用热爱的方式去阅读

通过阅读思考生活

通过阅读感悟生活

在感悟和思考中获得成长

阅读可以看清世界

阅读可以找到意义和价值

阅读可以收获积极的人生

阅读可以塑造通透平和的自己

读　书

读书可以学习

也可以励志

书中有懂美学的牛顿

书中有精忠报国的岳飞

有引航的智者

有济世的伟人

腹有诗书气自华"

没有白读的书

触碰过的文字

会在不知不觉中

改变你的命运

麦家说"人心越是浮躁

越要多读书"

读书可以增加教养

康德说书读得越多

越觉得必须与人和睦相处

读书可以通达事理

苏轼诗云"粗缯大布裹生涯,

书籍是知识的源泉

阅读是与先贤的心灵碰撞

可以获得真知

可以抚慰心灵

季羡林说

"天下第一好事

还是读书"
与书为伴
可以打开视野
可以增添动力
可以超越自我
可以改变命运

毕淑敏说
"我们读书
然后才能不寂寞"
阅读让我们洞悉万物
让我们福至心灵
让我们内心充实
让我们一路阳光"

灯 塔

——"向雷锋同志学习"60年感怀

年轻的、短暂的22岁年华
却放射着不朽的光和热
如一颗新星
高悬在中华大地的上空
酷寒里给你温暖
炎热里送你清凉
他用无穷无尽的付出
馈赠着,帮助着,奉献着
他的名字叫雷锋

他是一名普通的解放军战士
沐浴着五星红领章的光辉
他成长为一位优秀的共产党员

身怀对党,对人民的忠诚
他在平凡的岗位上
做出了不平凡的事迹
他是一颗永不生锈的螺丝钉

改造自己,武装自己,超越自己
在训练的间隙里读书
在微弱的月光下读书
争时间,挤时间
他靠着自己的钻劲和挤劲
在书籍的世界里恣情遨游
他像钉子看齐
而钉子精神

——那义无反顾的钻和挤

深深地植入他的内心

"人的生命是有限的，

可是，为人民服务是无限的。"

这是他的心声

也是他行为的写照

大雨袭来

他送母子安全到家

战友母亲患病

他悄悄寄上节省的津贴

大嫂车站丢钱

他给大嫂买了车票

他出差一千里

好事做了一火车

舍己为人，大公无私

他是名副其实的共产主义战士

"向雷锋同志学习"

——伟人的号召

犹如春雷

在中华儿女的内心

掀起波澜壮阔的回响

从内地到边疆

从城市到农村

从高等学府

到中小学校园

人们唱起雷锋之歌

体悟着雷锋的高贵品格

汲取着雷锋精神的养分

参与到"学雷锋，见行动"中来

而今

雷锋精神

已融入中华民族的血液

发展着，壮大着

在广袤的中华大地上

结出累累硕果

那是爱的传递

那是善的延伸

那是美的升华

那是暖的积淀

在伟人题词60周年之际

让我们迈开大步

汇入学雷锋的洪流中吧

拿出我们的行动

让我们的社会

更加和谐、快乐、美好

破 解

——袁东来先生的求索之旅

（一）

注定，你是孤寂的
眉头紧锁的那一刻
轻松和愉悦便离开了你
尽管你伸出双臂极力挽留
它们还是惊鸿一般
翩然而去

占据你心头的
是良知和清醒
那是有着特别分量的沉重
坠坠地压着，挥之不去

（二）

那时，对天的种种情愫
——膜拜、惊惧、忧愁
如汹涌的潮水
一波波向你袭来

那些传说中的神仙英雄
也包括凡俗之辈
都常常拨动你的神经
让你难以入眠

一柄大斧裹着怎样凌厉的风
让天地臣服为初始模样
一位女性用了几万年的真火
完成了一场旷日持久的修补
你甚至觉得那位杞人的担忧
有着圣哲般的高度

（三）

是的，现在的你
也有了同样担忧——天变了
热从魔盒中挣脱，幻术一般
裹住了蓝色的星球
温室的紧箍
便压榨着残存的空间
一步步踏出套牢的节奏

133

温度从风的喘息中攀爬

从水和鱼的对话中的走高

地表的圈层，热的量变

以不同的方式彰显

旱涝与飓风杀伐着，它们

只是厄尔尼诺的散兵

（四）

把脉巴黎协定的律动

推诿和掣肘（彼）消此长

一纸协议仅开启了咏叹的长调

退群，脆弱露出了冰山一角

你沉思着，寻找着

从源头开始理顺

从呼应中寻找因果

是空气中过多的碳

让大气这个棉被越来越厚

地球的散热机里

陷入了深深的气血不通

（五）

怎么办？怎么办才能

把大气中的碳剥离出来

节能减排，一些国家虽已然出手

那只是一场漫长而毫无保障的

旅途

可地球留给人类的纾困时间

还有多久

一道亮光，从你脑海闪过

你想到了鲧禹治水

要疏导，把多余的碳疏导出来

碳，转为碳水化合物——

你想到了富碳农业

你高兴得想跳起来

是的，做好富碳农业

全球的饥饿问题

全球的粮食危机

就一一化解了

你深入研究，严谨论证

富碳农业的可行性被证实

增能与降碳得以统一

你长舒了一口气

老天的出路，是你面前

最具温情的暖流

宣讲，奔走

你的声音穿越了国界

人类的福音已然起锚

正在走向更宽更广的水域

试点开始了运营

那是实验的基站

一个、两个、三个

像星星，更像灯盏，像火炬

在这奇异的光亮中

袁东来先生微笑着

新年乐章

欢悦的 2024 年

乘着雪的洁净

沐着风的爽逸

翩然而至

云霓披彩

山原放歌

一元复始

万象更新

从"冬雪雪冬小大寒"

到"春雨惊春清谷天"

根植于农耕文明

二十四节气深藏至理

——一分耕耘一分收获

这是华夏文明生生不息密码

天道酬勤

每一滴汗水都不徒劳

每一分努力都有回响

2024 年

愿人人努力拼搏

愿祖国繁荣富强

国际风雨莫测

适逢百年变局

国人自当清醒

奋勇搏击风浪

五千年历史

华夏儿女负重前行

踏出的串串足迹

铸成这个星球

傲人的辉煌

殷墟和三星堆的铜

半坡和良渚的陶

汉墓的帛和简

巍峨的万里长城

浩荡的京杭运河

响彻太空的"东方红"

充满时光沉淀的暖意

2024号标段

三百六十五个征程

没有穿不透的风雨

没有走不出的坎坷

信念是最大的法宝

"预"是"立""废"的关键

"事不出于预期

人自难于早见"

"预"是设身处地地谋划

"预"是挽起袖子干起来

冰雪中枝茎的努力

是梅花绽放的暖意

寒风中根芽的努力

是春暖花开的暖意

冻土下每一粒种子的努力

是夏丰秋收的暖意

我们生活中所有暖意

无不来自努力

如果不是为寻求暖意

没有一个号角会吹响

如果不是为寻求暖意

没有一盏灯会点亮

如果不是为寻求暖意

没有一次旅程会开启

2024年

美好的一天

从喜迎新年开始

2024年

美好的一天

向创造奇迹出发

红烛颂

你是一座神

一座美丽到让我想入非非的女神

于是我有了信仰,学会了走神

请看着我,你说

我蓦然回首

哦,那是怎样的深邃?

万千诱惑

掩盖了你所有的智慧

我无声地对您说

快！淹没我吧！

女神，我的不朽的女神

您又用那媚惑的声音来唤醒我

您是智慧之神，

您就是雅典娜！

不，您是我心中爱神，

叫什么来着？

阿芙罗狄忒

我默默称您：维纳斯

可是

五十年过去了

轮到我站在讲台上

看着

下面朝气蓬勃的小男生们

而我却想象着

天空之神

乌拉诺斯

如何掉落水中

养老院

我的维纳斯像一朵枯萎的玫瑰

红润、青春、热烈、性感还有

妖媚

都深深地刻入了

满脸的沟壑之中

老师，您真的老了！

不难想象

您是被圣哲们耗尽了，

您是被我们这帮学生耗尽了

有人说，

老师，

你是一支被点着的烛

一支红烛

直到逝去

还淌着红红的泪

时令美

　　2022年2月4日北京冬奥会开幕式表演中的"二十四节气"倒计时短片惊艳了世界。开幕式当天恰逢中国传统节气中的立春，这是完美的巧合，因为立春寓意万物生长，万象更新。二十四节气是中国人对四季轮回的细心研究，蕴藏着中国人天人合一的古老智慧，展现了春夏秋冬时节更替中大美江山和动植物生长的流动画卷，蕴含着生生不息、欣欣向荣的诗歌意韵。这一组二十四节气诗，饱含了中国人朴素的生命观、价值观和宇宙观。

立　春

听，候鸟儿们
已经从北方回来
在小溪旁梳理着毛发
叽叽喳喳

争着饮
冰儿融化的春水
争着啄
香樟树上残存的果实

山茶花
再也不吝啬它的娇艳
柳枝
也欣然地萌生绿意

接下来
田间挤满了
挎着竹篮
挖荠菜的阿姨和阿婆

孩子们
也渐渐地
如同燕子
徜徉在春风里
听牧童短笛
杏花春雨
看青牛犁地
数一串串纸鸢

春天

万物调达
阳气生发
立春以后
应注意调节情志
固护阳气

慎避风寒
多吃辛散之物
远离酸敛之品
顺天应时

雨　水

"且东风既解冻，则散而为
雨矣"
丝丝缕缕的春雨
慢慢润开了
冬的僵硬

乡野中
渐渐地
多了桑耕忙碌的人
挖笋的人
捕鱼的人

一时间，草木萌动
万雁归来
一切都仿佛蓄势待发
等着跨入一个
生机盎然的时节

北国麦芽，南国稻秧
随着雨水的步伐
——生长

这淅淅沥沥的春雨
滋润着整个人间

雨水时节
冬春交替
天气乍暖还寒
春捂护阳最关键
调畅情绪
顺应肝脏生理特点
适当运动
提升阳气乐无边

惊 蛰

你可以想象吗

惊蛰这一天

春雷始鸣

气温回升

青蛙在洞穴里

骨碌碌地转着眼珠

昆虫藏起来

轻轻摇晃着触须

而蛇也在神秘的地方

蠕动起长长的躯体

数九数到这里

九尽而桃花开

春耕一刻不能耽误

农人靠着勤勉

仓廪充实

春溪涨满

嬉闹的鳜鱼

追逐着

飘落水面的桃花

就算偶有雷声

就算微雨湿了斗笠

也阻碍不了

这春的步伐

阻断不了这万物的萌动

惊蛰

阳气始发未盛

是春困的季节

宜日出而作

日落而息

饮食清淡

心宽自慰少生气

最宜练习太极拳

春 分

二十四节气中
最美的就是春分
山河大地掸去微尘
褪去冬日的臃肿与笨重

沉睡的大地就苏醒了
山上的草绿了
山下的桃花红了
燕子又垒起了新窝
油菜花已经织就了一方方黄地毯
把香甜汇入蜜蜂，带给远方
木棉花笑得那么灿烂
流光均分了昼夜和明暗
分花拂柳
抵达梦的彼岸

春分带着婉转的禅意
如同太极那两尾黑白相间的鱼
给江山涂上
最妖娆的一笔

一场春雨，山原尽润
那些老牛也信步下田

上演了一幕幕春耕图
开启了一年的希望之光

一曲堂前烟雨，醉倒了画堂芳樽
桥边溪流，颠倒了渭城轻尘
牵牛走过的农夫
在塘边留下了新鲜的足迹
春分了，人心也愈见柔软
轻轻采撷着世上的流光
将春的细语写入大地的诗行

村前的老树重披绿装
远处的春山，如少女青黛的眉峰
一场春雨浇过
只觉天地间无处不好，无一不妙

偶而抬头望
便见冰封一冬的小河哗哗欢唱
便见从远方归来的燕子
翩翩飞舞，绕与梁上

春分时节
昼夜平分

晚睡早起　　　　　　　　无事梳头调心态

寤寐均衡　　　　　　　　增减衣服随天情

合理饮食　　　　　　　　适量运动

荤素搭配　　　　　　　　散步太极阳气升

清　明

天地到了这个节气　　　　无论你在清明时节

不由得万物一新　　　　　有着怎样的忧思

　　　　　　　　　　　　在你载车而归的时候

半城的人　　　　　　　　一定有数枚飞花

为了追寻梨花的香气　　　粘在你的身上

杏花酒的滋味　　　　　　好让你枕着一帘香梦

哪怕骑着青牛　　　　　　让你在梦里

也要一睹这　　　　　　　嗅着

一年之中最美妙的季节　　这天地间

　　　　　　　　　　　　久违的清气

天空云淡

烟波浩渺　　　　　　　　清明扫墓

这蓬勃盛大的春　　　　　勿太悲伤

有多少行人为之倾倒　　　调节情志

为它忘记了归程　　　　　保护肝脏

又有多少行人　　　　　　早起活动很重要

因春祭　　　　　　　　　多食红枣山药康

伤神断魂

145

谷 雨

小的时候
二十四节气里
最懵懂的就是"谷雨"

渐渐地我长大了
父亲告诉我
谷雨就是雨生百谷的意思

到了再大点的时候
才在书里知道
春雨贵如油的道理

滋养百谷
滋养春茶
滋养着芬芳馥郁的油菜花
滋养着一片一片
争分夺秒生长的果林
滋养着一丛一丛摇曳的翠竹

也催开了

谷雨时节的牡丹花
引得无数无数的游人
拥来洛阳城下
一睹
这倾城倾国的绝世之美

一座一座的春山
吐纳着暖意
让游人们
听着春雨
围坐在竖着招牌的酒家
饮一杯
这略带青涩的谷雨茶

谷雨时节
雨量渐多
防潮避寒
护阳疏肝
常揉鼻翼防过敏
多食豆腐鸭蘑菇

立　夏

树梢的梅子
微微透出了香气

蚕豆、竹笋、樱桃
轮番刺激着
孩子们的味蕾

小荷钻出水面
给碧波撑开无数的雨伞

在雨后
孩子们会争着寻找
天空的彩虹
也会争着寻找
爬上田埂的蚯蚓

这时的远山
不再是早春时节的空蒙
取而代之的

是喜人的青绿并秀

我猜想
此时此刻的小麦
灌浆得
会比蜂蜜还甜

蔷薇花开
云气升腾
一个自由自在的夏天
即将来临

我们热爱这醉人的奔放
热爱这无拘无束的童年

立夏养生贵养心
增加睡眠是根本
多晒太阳补补钙
莫贪闲事心自定

小　满

小满
天生是个女儿的名字
花香熏软了万里平畴
南风吹皱了千顷麦浪
柳芽鹅黄，小麦灌浆

春去也
大地一片葱茏
满山落满了桃花
一些果实便偷偷地探出脑袋

青梅晶莹，桑葚红紫
翠柳成行，莲叶婷婷

一只经年的蝉蜕
挂在妩媚的柳枝上
那在土里蛰伏七年的精灵
终于在柳树的浓荫中
一飞冲天

少女们脱去长衫的束缚
穿起单薄的裙装
农家乐，耕作忙
四月的惠风轻拂
燕子从桥上双双飞过
门前的黄犬
在树荫下打着盹儿
享受着尘世的宁静

在这十里稻花中
看蝶飞蜂舞……

小满季节
气温转热
饮食清淡
少吃辛辣
增加午休
适量饮水
健康快乐

芒 种

栽秧割麦两头忙

收麦种豆不让晌

这是一年中最忙的季节

也是农耕中国的一派繁荣景象

芒种是农人的盛大节日

积攒了一个冬天的话语

要说给芒种听

天蒙蒙亮

戴上被炭火熏得发黄的斗笠

拿起一把闪亮的镰刀

在扑面而来的麦香中

展开了收割的竞赛

夕阳西下的时候

把收回的麦子运往打麦场

老牛套上石磙

在场中奋蹄

那一圈一圈的同心圆

辉映着头顶的弯月

让麦子颗粒归仓

这是农人最幸福的时刻

四下里麦糠跳脱，尘土飞扬

农人脸上的汗水

比麦芒上的银星还要闪亮

那一晚

刚收的麦秸秆添到农家土灶

炉火映红了我的脸庞

我吃了一碗新麦面粉做的手擀面

品到了浓浓麦香

母亲常说

没有经历过芒种的农人

是不合格的

正如没有跋涉过万水千山的骆驼

见不到大千世界的模样

我抬头望向天空

一道白练横绝了天空

窗前的那盆海棠花一声不响

芒种时节

农民多劳累

汗出过多

倦怠乏力

149

补充水分

多食山药红枣健脾益气

注意防暑

慎开空调

劳逸结合是真谛

夏 至

夏至又至

人们褪去了棉线长衫

换上自由轻便的彩色衣裳

小伙儿露出了坚实的臂膀

奶奶的蒲扇扇来了一天的清凉

姑娘们轻拂小扇

拂去恼人的暑气

新上架的葡萄

引逗的松鼠和喜鹊

轮番前来窥视

而粉墙下的夏花

引得蝴蝶渐次穿过

蜜蜂也流连

菜架豆苗的花香

在南国

夏至的时候

水面泛起的新绿

映衬出蛙声千里

荷叶田田

新修好的龙舟

徐徐放入水面

只待乡间的勇士

手把红旗，双桨如飞

溅起久违的浪花

云蒸霞蔚的山巅与泽国

因夏的到来而欣然欢歌

夏至一阴生

阳盛阴生

汗出过多

耗气伤阴

保持睡眠

睡好子午觉

早晚锻炼

轻缓舒心

多食酸苦

养心护肺才是真

小 暑

小暑之后

凉风便敛了行迹

热浪席卷了山野

催开了漫山遍野的山花

满山的山珍和鸟兽

也在此时采集日月精华

蜕变为造化的杰作

最温馨的时光

是看翠竹摇曳出氤氲的诗意

天边乌云翻卷

白雨跳珠

那空山便托举出了一帘新雨

此时的我端坐在窗前

眺望雨霁的山峦

眼前除了一卷诗书

还有徐徐清风穿室而来

有头顶朗月相照

琅琅的书声

引得池塘的游鱼也凑了过来

躲在荷叶下

静静地聆听

偶尔也会跃出水面

带来一室欢愉

一抹金黄

小暑时节

气候炎热

注意起居

防暑防潮

避免直晒

湿木勿坐

调节情志心自安

多食酸苦睡午觉

小暑季节要防暑

减少日晒睡眠足

保持乐观养心脏

蔬果多吃红黄苦

大　暑

夏到老处，即是大暑

炎热到了极致

那些暑热的天光

晒花了农人裸露的脊梁

飞鸟不敢飞越午间的屋檐

永不疲倦的蝉声也有了缄默和

喑哑

把自己拼命地往绿叶中躲藏

躲着这炎热的天网

大暑的时候，什么都是极致的

暴雨之后

稼禾便猛地蹿高几寸

瓜果也顺势疯长

踏着雨后水泽赶集的农家女

背篓里装着荔枝、凤梨、桃子、

杏子

扣眼里别着一枝玉簪花

那一塘风荷

已经田田地开满了池塘

清气铺满了乾坤

手拿一把轻罗小扇

坐在塘边写生，轻轻扑打流萤

将眼前美景纳入笔端

心里惦记的却是那一碗盛夏的

梅子汤

碎冰碰壁当啷响

静心处，翻阅古书长卷

方觉习习清风

四壁生凉

时值大暑

炎热之极

防暑祛湿是关键

居家养护赛神仙

冬病夏治

贴三伏贴

心定自然凉

健脾四时康

立 秋

"七月流火，九月授衣"

金风又起

姑娘们依依不舍地把裙子收起

塞外的驼铃响了

胡杨红了

漫山的树叶变得黄绿

打食归巢的鸟儿

载着斜阳满载而归

双翅一抖

斜阳便掉进江里

染红了芦苇

惊起了白鹭

远处的云山变得更浅淡了

一片云影，几抹淡山

橹声响起，双桨一点

便箭一般地离开了桥头

游子的梦

跟随这秋思的婉转

绵绵地

流出潇湘

立秋季节重养肺

多食杏仁诚宝贵

心情舒畅

养护心脏

晚睡早起

穿戴不赘

多吃水果

增酸减辛

处 暑

每当处暑来到

我的心中便涌起对夏天的留恋

当一滴凉露从树叶上徐徐滴下

陌上花的浪漫便完美谢幕

153

西风放开轻盈的步履
少女罩上曼妙的轻纱
深情款款地笑着，走着

农人满是沟壑的脸上
笑容满溢
一年的辛劳
换来满仓的丰收

白菜碧绿，青椒芳郁
指日可收割出园
葵花朵朵笑容灿烂
低垂了幸福的头盘

天高云淡
燕子掠过沃野平原
欣赏着花枝的美艳和电线的绵长

歇息在错落的篱栅

向晚的时候
村里炊烟袅袅
牧羊人一声呼哨
牛羊纷纷走下荒滩
在一个个巷口分手
走向各自的家园

处暑季节
乍寒还暖
穿衣适当
不可过暖
适当运动健体魄
不可过劳元气散
少辛多酸食果蔬
鸭梨杏仁润肺燥

白 露

在二十个节气里
白露是那么怡人而清凉
它拉开了仲秋的序幕

成群结队的大雁

告别了北方的苇塘
展翅南飞
经过甘露的洗礼
那蓝天下的羽翼
晶莹而洁净

早起的少年

打开希望的屋门

满庭芳树

无不"梨花带雨"

浅浅淡淡的滴滴露珠

将这温润的清晨

渲染得清幽宁静

当枝头的寒蝉不再凄切

我接住了人间第一枚

红透的枫叶

——那是白露馈赠的爱

白露开始天渐寒

穿衣不露是关键

适量运动保睡眠

养阴润燥不容缓

少吃海鲜与荤腥

最好远离葱姜蒜

秋　分

秋的博大

不似春来的抽丝剥茧

冬的凛冽难耐

它和煦、绚烂、热烈

泥土承载着收获

水塘润泽着甜蜜

它在阳光里获得饱满

它蕴藏了万物的成熟

它迈进了

收获的时节

它不再有大暑时期的

惊雷滚滚

蛰虫们又纷纷

为抵御冬的严寒

而修巢筑穴

地面湖泽的水汽

渐渐收敛

而月亮到了这个季节

却显得格外清亮迷人

秋分季节

天高云淡
早睡早起
谨防秋懒
饮食注意防秋燥

少辛多酸记心间
运动轻松舒缓
心情舒畅乐观

寒 露

在这样一个
细雨霏霏的节气里
秋雨秋风
频频地催促人
记得添衣加棉

秋蝉不再躁动
荷花已存不住
一捧秋雨
鸿雁早已飞过关山
而阵阵寒露
又催开了谁家
东篱的菊花

若偶有晴好
请与我一同登高
目睹这斑斓如梦的深秋

寒露时节
气温降低
春捂秋冻已不再适宜
足部宜保暖
早睡早起
顺应阴阳演变
减辛增酸防凉燥
芝麻冬枣柿子安

霜　降

从一个山头绵延至
无数个山头
一片片的黄叶
在翌日的清晨
总是卧满
似露非露
似雪非雪的霜花

只有芙蓉
独自缀满深碧浅绿之中
那略带霜质的黄花
占尽了秋日的芳华

秋荷，也别有斗志
凋零的只是红粉
换来的是千湖万顷

一杆一杆不倒的霜骨

秋收已然收尾
从陕北到徽州
从秦岭到婺源
天地间
撒满了一片片人间秋色
准备藏入
那冬的悬念

霜降养生
润肺健脾是关键
适当温补御冬病
牛羊兔肉可保全
调节情志增睡眠
活动要求可放宽

立　冬

春种，夏收
秋收，冬藏

冬天一来
树木纷纷脱下盛装

芦苇殷勤地为河流导航

山河露出了本来面目

大地蓄势待发

老树凋零多余的枝叶

只露出游龙一样的虬枝

让人惊叹这经霜的傲骨

虽然是一派冬景

却胜过春天的年华

墙角的绿梅偷偷倾吐了玉蕊

清气便瞬间涨满了庭院

梅花一瓣叠着一瓣

随风翩翩起舞

几只鸟雀站在枝头叽叽喳喳

眼前的一切

都堪入画

明明是最凋敝的季节

却有最盛大的诗意

让我想起张枣的诗

"只要想起一生中后悔的事

梅花便落满了南山"

冬季养生

注重封藏

早睡晚起

顺应天象

抽空揉按肾俞穴

补肾保精来年不慌

小 雪

雪一下，整个乾坤成了琉璃世界

雪抹平了大地的棱角

把岁月山河的眉头——抚平

风花雪月的古典意象中

我最爱的是雪

虽然触手处一片冰冷

但这冰冷中饱含着诗意和温情

日暮时分，我眺望着被雪覆盖的田野

想象着文学史中，那些永恒的

发问

何日是归程，长亭更短亭

雪满人间，看到这首诗

我的眼前铺开了一卷千里江山的

图卷

漫天飞雪，如同一首婉约的诗

如同一阕清雅的小令

远树上覆盖的薄雪

营造出梦幻般的烟紫

依稀透漏春的消息

漫步在雪中

仿佛置身于宋词的世界

淡烟微月中，向晚天欲雪

远处青山隐隐

近处雪舞中庭

我的心，也在翩翩飞雪中

变得悠远和清宁

此时锻炼

宜在日出之后

充足睡眠

是增强体质的保证

添衣加被

可固护阳气

养生小吃

核桃板栗

大　雪

那六角的雪花

从幽紫色的天空落下

这来自苍穹的精灵

叠起了一地的琼装玉影

带来了额间的一抹清凉

抚平了内心不安的悸动

前两天的冬奥会开幕式上

整个世界再次被六角雪花刷屏

我不知道全世界有多少冰山

也不知道全世界有多少朵雪花

只知全世界没有一朵雪花是一样的

这些完全不同的雪花

该是从七大洲汇聚到北京

成为一朵人类共同的雪花

传递出人类大同的美好期盼

大雪纷飞天气寒
添衣保暖不容缓
秋冬养阴

饮水为先
肾俞、关元多揉按
芝麻、核桃可进餐
早睡晚起少活动
心情舒畅心自安

冬 至

冬意浓如酒
我躲在温暖的被窝里
听北风朗诵了一夜
岑嘉州的诗句
清晨推开窗
太阳像一枚松果挂在山顶
冬至饺子夏至面
妈妈已经捏好了水饺
家人围炉，灯火可亲

揭开被柴火熏黄的木锅盖
煮上一盘白生生的饺子
爸爸乐陶陶地抿上一口老酒
再就上几瓣碧莹莹的腊八蒜
四肢百骸都放松下来
便感到一年里前所未有的舒坦

酒足饭饱后
来到院子里
看一场白雪覆盖了世界
听薄冰下春水偷偷流动

大地窸窸窣窣
油菜抽茎的声音
清晰可闻
一根青竹被积雪压弯
冰凌摔在地上
把月光摔出支离破碎的痛

冬至一阳生
养生好时节
太阳晒背护阳气
常搓双手防感冒
药食进补

160

当分阴阳气血
节欲保精
保全真阴真阳

日出活动锻炼身体
顺应太阳运行规律

小　寒

雪花堆满了大大的落地窗
烤火箱上盖着暖和的绒毯

屋外的空地上
姐姐摘下脖子上的红围巾
欢呼着给刚堆好的雪人系上

檐下传来新灌腊肠的肉香
粗壮的劈柴整整齐齐地躺在一旁

冬天是我最爱的季节
因为可吃的食物有太多太多
冬笋，腊肉，辣白菜，火锅
妈妈和奶奶的手长期浸泡在冷
水中
冻得像萝卜那样红肿
这些亲切的回忆
让我们的思念变得更加绵长

一家人围坐在一起
享用简单的晚餐
所谓的岁月静好
应该就是眼前的模样

每逢降雪和大风
总有人护我们周全，给我们温暖
让我们躲在他们的庇护下
安然无恙

小寒季节
养肾护心
用桂枝、艾叶水泡脚
调养情志护心神
防寒保暖
早睡晚起
适量吃牛羊鸽肉
适当锻炼保真气

大　寒

小寒过后，就是大寒
二十四节气中
大寒的意象
经常占据我的笔端

我爱那六出琼花的晶莹
想象着千山鸟飞绝
想象贾岛骑着蹇驴一路踽踽独行
心中流淌灿若云霞的辞藻
脚下播撒出一路的诗思
想象昭君出塞
对着霜雪吹响了羌笛

我想，一定也是在
这样一个大雪纷飞的冬天
子猷访戴，兴尽而返

留下文学史上的一则佳话

困守在陶庵中的张岱
一定也在此时呵着冻笔
遥想他当年
在湖心亭看雪

大寒冷极
注意封藏
早睡晚起多蛰伏
头足保温
多晒太阳
少服补品
适当活动调情志
为来年健康打基础

花卉妍

迎春花

你在春天开放
可爱的迎春花
你等在春天的戏台下
等着春风的锣鼓

你虽然不如芍药娇艳
也不及牡丹耀眼
但你是百花丛中第一朵
你冲破寒冬的凛冽
勇敢地传递出春的消息

二月的轻寒里
你已笼上了鹅黄的轻纱
待到冰雪融化
容光焕发的你
唱响了大地的复苏之歌
传递风调雨顺的心声
向大地庄严宣告
春天来了

牡丹花

那天，我在自家园内
看到一枝含露的牡丹
那含情带笑的面容
重重叠叠的花瓣里
隐藏着馥郁的娇柔

牡丹的绝世风姿
无数次掀起诗歌王国的飓风
牡丹的笑容

无数次叩响人们的心弦
姚黄魏紫摇曳在洛阳的街头
温柔了唐诗宋词的月光
也承载起文人骚客的尘世灵光
一场谷雨
牡丹舞起碧色的广袖
为广袤的大地
舒展自由的梦

芍 药

"小黄城外芍药花

十里五里生朝霞

花前花后皆人家

家家种花如桑麻"

读着这灿若云霞的诗句

我仿佛又回到了儿时的芍药花海

在春末夏初的时候

父亲带着我去郊外踏青

春水正好

芍药开得正盛

身披粉红纱衣

怀抱鹅黄娇蕊的芍药

是花中的宰相

那粉红色的轻梦

芬芳了我人生的夏季

后来，我无意中看到了重瓣芍药

才领悟到芍药的另一重旖旎

人生总要走过千山万水

才能把世间万物尽情领悟

而我在走过千山万水后

却只想回到十六岁那年的春季

我漫步在漫山遍野的芍药丛中

把脚轻轻放进清澈的涡河水

眼前平畴绿野万里

疏林挂住斜阳

我不说话，静静地体验着

白石道人的发问——

念桥边红药，年年知为谁生

木棉花

你是一株泰然淡定的花

我每天路过，都遇见

你波澜不惊的盛大

人说，四月的第十一天是你的花期

你迎着春开放

如同天边绯色的轻霞

无形的浩气直冲云霄

让整个春天散发出璀璨的光芒

木棉有着虬曲的老干

还有绵密的黄色花蕊

配上那如火焰如箭矢的花朵

天然便是一幅妙手绘就的丹青

挨过最彻骨的寒冷

绽放在料峭的春寒里

不顾筋骨的酸痛

拼命地向上生长

吮吸阳光和雨露

五片花是你遒劲的曲线

褐色的花托是你坚实的归属

你在春天开得恣意忘情

却又不屑与百花争芳

在百花齐放的时节里

退出争艳的角逐

纵然是陨落的声响

也散发生命的铿锵和清越

蔷薇花

很小的时候

就读过秦观的诗句：

有情芍药含春泪

无力蔷薇卧晓枝

记得上小学的时候

每天都会路过一户人家

那户人家的门口

悬挂着她茂盛的枝蔓

一到夏天

就会开出无数朵蔷薇

那幽微的香气

被风儿轻轻吹送

每次路过那被蔷薇掩映着的铁门

我都会停下来

眺望她的美丽，而心中

却漫起一圈一圈的不舍

终于有一天

我鼓起勇气

摘了一朵

在书页中永远珍藏

珍藏她的美丽

珍藏她的芳香

我一天天成长

终于背起行囊

走出故乡

我看到了外面的大千世界

也懂得何为心有猛虎细嗅蔷薇

有一天我回到故乡

打开一本书

在那些泛黄的诗句中

飘然落下一朵花

那是一朵枯黄的蔷薇

和她一起跌落的

还有那无限甜蜜的

旧时光

栀子花

骤雨初歇的夏季

我在河畔遇到了满涨的河水

遇到了柳荫遍地里

满溢着栀子花的甜香

我看到了那碧绿的叶片

簇拥着洁白肥硕的花朵

展开的花心里

一滴露珠晶莹剔透

像是天使的泪

那样美丽与纯洁

一簇栀子花

开启了六月天的序幕

时隔多年

我依然记得那个夏日

我在河边邂逅的栀子花

那是浩大的青春

那一年

我人生的盛宴同样璀璨

桂　花

小时候，经常闻到妈妈身上
桂花香水的味道
那时起
心中就萌生了对桂花的向往

那一年秋意渐浓的时候
城市里突然多了很多株桂花树
于是整条街道便弥漫着浓浓的
甜香
花朵虽然只有米粒般大小
但金色的花朵
却带着沁人心脾的芬芳

桂花开时
中秋节

便也近在咫尺了
当一轮皓月升上夜空
端起一杯金黄澄亮的桂花酒
持蟹赏桂
令人爽快

我总爱在一个秋高气爽的午后
拿着袋子去采集枝头的桂花
炒制晒干
制成桂花茶
然后在看书的时候
轻轻啜饮一口
感受易安居士所说
——何须浅碧深红色
自是花间第一流

油菜花

伴着春的脚步
春风吹到哪里
油菜花就把人们对春天的渴望

涂抹到哪里
把铺开的金黄
写到时节的调色板上

蝴蝶是最美的句读

还有蜜蜂

任何一点风吹草动

都会被蜜蜂渲染得沸沸扬扬

春水绿了

油菜花黄了

人们在那金黄的花蕊上

剪辑着出青春的序幕

人生有四季

季节有轮回

油菜花点亮了田野的希望

抚去了游子的感伤

油菜花是田野捧出的大礼

是一蓬蓬美丽的春光

向日葵

如果选一种花

作为迎接黎明的使者

它一定是向日葵

无论是站在阁楼之上

还是身处花田之内

当太阳从地平线

跳脱出来的那一刻

平川广野无不被向日葵

勾勒得充满诗意

——金灿灿的视野

渐渐洗涤了

我们心里的迷茫

它永远那么明朗

没有半点儿晦暗

它轻轻捧着

生命的价值

与光芒万丈的太阳

呼应，相望

当秋天来临的时候

向日葵低下了沉甸甸的头颅

怀着沉思和虔诚

把沉甸甸的收获

回馈给大地母亲

荠菜花

三月荠菜花

桃李羞繁华

春天一来

荠菜就偷偷地从土壤里露出了头

肥硕的叶片

如同精致的箭镞

无论是上锅蒸熟

还是包成饺子

荠菜都是春天

那最令人心动的一抹鲜美

满足人们的味蕾

将人们对春天的憧憬

化作实实在在的品味

经过一场春雪的浸润

荠菜花抚平了大地的褶皱

让我带着梅花的余温

在燕子的呢喃里

去赴那一场春天的约会

让我恍惚觉得

自己也是一株

沐在春光里的小树

兰　花

很小的时候

母亲教我读过一首诗：

玲珑玉作花

冰心本无瑕

合当生幽谷

不落帝王家

置身花圃

绝非它的意愿

若非要置身于家宅之中

它愿与案头结缘

与书卷气辉映

它可入画

可入诗

就连根根修长的叶片

也剑拔弩张

如同柄柄青铜古剑

而它的精气神

又怎不让人联想到

我们华夏文明的铁画银钩

它在月光下

得天地清露后

自会发散出人间奇香

王者之香

千百年前

屈原仰慕其高洁

而后人

将它与屈原

一并仰慕和称颂

石榴花

五月，又到了榴花似火的季节

明天，石榴花就要出嫁

面对这一场盛大的花事

蜜蜂们奔走相告

喜鹊们叽叽喳喳

好奇谁是那个幸运的新郎

娶一树的红火回家

石榴花，是五月的一只红发卡

别在世人的心头

它总是绽放在少女的裙裾上

绽放在带着荷叶边的枕头的刺

绣上

绽放在老奶奶精美的绣花鞋垫上

让这一抹鲜亮的橘红

点亮人们的眼睛

怒放着，怒放着

热烈而从容

茶　花

一入冬
南国的冬季
枝头的美好
便被姹紫嫣红的茶花包揽
由于茶花的存在
湿冷多雨的南国冬季
总是让人产生春季的错觉

那枝头如同绣球一般
缀满了的累累茶花
将山头、庭院、公园
渲染得如同春天一般
女孩子会忍不住采摘一朵
戴在头上
这一抹嫣然
带有浓浓的新春吉庆氛围

而北国的人
则格外欣喜一树茶花的到来
将它们安置在向阳的地方
阿婆们的脸上笑出一朵菊花
她们会在天气晴好的时候
搬来针线篓
对着它纳鞋底儿
剪窗花
亲切地喊她
茶花姑娘

是的
那被称为抓破美人脸的茶花
带来一片春的消息
带来一片山野的诗意
带来了一片案头的清芬
如泉水新汲

莲 花

小时候
莲花总是以若即若离的态度
存在于我们的生活周围
它的容颜
我们再熟悉不过
但总是无法将它细睹
就连花瓶里
它也未必是常客

再大一点的时候
我们渐渐读到了
周敦颐的《爱莲说》
文赋之美无以言表
但对于那时的我们来说
太过晦涩
只有我们真正读懂了岁月
品味了人性
才真正地明白了莲花
它,绝非凡俗之物
而是将这人世间

最超凡的人品
——托举
也正因为此
诗歌词赋里
文人雅士们
争相以文辞曲赋
去定格它的美
而宋画里
更不可或缺这一抹青绿

从古至今
莲花是夏季的永恒
讲述着,那一抹
宛在水中央的浪漫序曲
那一湾碧水
总是让人忍不住
走进水中
晃一晃木兰舟
哼唱一段婉约的采莲曲

菊　花

因为菊花
让我们每到秋季
就念念不忘陶渊明
那一方世外的秋篱
以及那一份
独属于陶渊明的诗意

陶渊明种豆的南山
或许远在天边
但由于秋天里
轩窗下、石桥边、乡野里的菊花
而变得仿佛抬头可见
让我们宛然身处在
陶渊明置身的南山

秋菊与寒梅、劲松、翠竹并列
共同彰显中国人的求索

何为傲骨凌霜
何为君子气节
他们不畏严霜
不阿权贵
疏离于喧闹的春天
抽身于滚滚的红尘
矗立于寒露严霜之中
唯有诗歌懂得
他们的枝叶与根茎
懂得他们的气节和精神

正因胸怀秋菊的高傲
陶渊明才选择挂冠而去
世界上有百媚千红
但唯有菊花深谙
陶渊明的志向
陶诗的品性

格桑花

格桑花是西藏的名片
是盛开在雪原的精灵
它栖息在这片圣洁的土地
守护着这里的圣湖和雪域
它和牦牛和藏香猪为伴
它和西藏的蓝天白云为伴
它诗意地栖居在雪域高原之上
栖居在羌族古朴的吊脚楼下
栖息在玛吉阿米放牧牛羊的草地上
点燃了世人对诗和远方的向往

我愿携一壶甜茶
伴着雪山、蓝天、白云
听着张韶涵的《阿刁》
坐在漫山遍野的格桑花里
余生，我愿当一朵烂漫的格桑花
怀着最虔诚的心
在年华最盛的时候
为圣洁的雪山献上洁白的哈达

三角梅

三角梅是南国的花王
刚刚踏上南国土地的我
迎接我的
除了前所未有的清新空气
便是这漫山遍野的三角梅

南国的朋友说
只要有阳光

一年四季，都是三角梅的花期
三角梅热情，坚韧
不择水土，顽强坚韧
它染红了南国的山河
还一路向北
乔迁至祖国的每一个角落
一路把爱和热情播撒

三角梅所在之处

很少单枝独株

而是蓬蓬勃勃，灿若云霞

撩动着年轻的心房

把清寂的夜点亮

它们像一只只燃烧的灯笼

像一面面鲜红的旗帜

像一束束向天空擎举的火把

百合花

在生活里

如果你问身边的友邻

什么花能代表幸福

我想友邻的回答

会高度统一

那就是百合花

无论是送给刚满月的孩子

还是新晋的妈妈们

无论是送给远道而来的客人

还是获得荣誉的朋友

无论是送给乔迁新居的朋友

还是欢度生辰的父母

四时八节

百合花都是水晶花瓶中

那一抹馨香和清雅

它疏叶青翠

枝干笔直

花瓣纯净

香气四溢

只要有它的地方

气氛总是那么和谐欢畅

黄百合高贵优雅

白百合圣洁端庄

香水百合芳香馥郁

它们如同美丽俊逸的凌波仙子

置身于千家万户

给家庭，带来吉祥安宁

康乃馨

黑暗中你推开一扇窗
于是整个城市开始祈祷
如水的月光漫过我的手掌
茶几上水晶花瓶中的康乃馨
为我的眉间点上一抹星光

亲爱的朋友
在美丽的五月天里
在肆意优游，欢悦生活的同时
请记着选一束最美的康乃馨
献给你的母亲

康乃馨是献给母亲的礼物

承载着世上的真挚和温情
母亲承担着摆渡生命的使命
是她们历经生死
把我们带到这个世上
这世上从没有什么岁月静好
我们的衣食饱暖，茁壮成长
无非是母亲将漫天风雨
一人独扛

感谢造化创出这圣洁的花
让她成为我们感恩母亲的专属
它让母亲的生养之恩
永铭在儿女心头

牵牛花

伴着雄鸡的第一声破晓
夏季的清晨
托出了无数只小喇叭
——那些紫色的牵牛花
向着天空奋力高举

仿佛正在奏响
振聋发聩的呐喊：
珍惜天时，开启劳作

拿一只汝窑杯

我轻轻地采集着
月季花瓣上的露珠
走出院子
我惊喜地看到了喇叭花
那紫色的酒窝
盛满盈盈的笑意

当晚风轻轻地将炊烟飘送
我怀着愉快的心情回家
一只三花猫正躺在温热的石头上
嗅着喇叭花的芬芳
香甜地打着呼噜

海棠花

少年时节
我不识海棠花
只是在张爱玲的笔下
闻得它的大名

当有一天
在李清照的诗词里
赫然读到
"却道海棠依旧"
才被这美的意蕴折服
被这美的词句倾倒
但我依旧没有见过
这文人骚客偏爱的
人间仙葩

再到后来

我在报纸上得知
周总理的院子里有几棵海棠
叫西府海棠
多美的名字
我在心里暗暗发誓
总有一天我要一睹它的芳姿

当我在西山植物园
第一次看到它的时候
不由得惊叹
原来人间
真的有着
如同宋词一般温婉的植物
它花开似玉，轻盈似雪
花开如梦如幻
花落如宝如珠

179

水 仙

如果有人问我

在所有的花卉里

哪一种花卉的名字

最具仙气

我会不假思索地说：水仙

它的另外一个名字

更具想象力和诗意

叫凌波仙子

可见文人雅士们

对它是多么的偏爱

只要有它在案牍

就仿佛将青翠巍峨的山峦

移到了室内

而青绿的山峦间

绽放的

朵朵鹅黄色的花朵

带给人的是

无限的温存与愉悦

它不依赖泥土

也不依赖丛石

一碗清水

就滋养了它的全部

每到冬季

斋内一片萧索

唯有水仙

支撑起屋子里的

一抹盎然

一年又一年的新春

总有它默默地陪伴

这种陪伴

温柔地告诉世人

草木蔓生，春山可望

它与人们一起

相约春天

木芙蓉

第一次知道木芙蓉

是因为《红楼梦》

后来在唐诗里

读到了一首

《逢雪宿芙蓉山主人》

内心有小小的震撼

多么美的诗名

多么美的意向

那曾开满芙蓉的山岱

如今落满飞雪

山主用满室的温暖，留宿

远道而来的客人

直到二十岁以后

才目睹了木芙蓉的形态

它有着芍药的娇憨

有着牡丹的雍容

有着莲花的圣洁

它浅淡得让人萌生爱怜

它柔弱得让人心生呵护

它不屑于浓妆艳抹

那若有若无的粉

透着肌理的晶莹

和根根分明的红丝

那柔若无骨的花瓣

难倒了一个又一个

丹青妙手

玉兰花

在烟雨朦胧的早春

你或许赞美过

湿雨洗过的篁竹

也或许惊叹过

遒劲冷香的梅花

但是，当你在路的转弯处

或是粉墙黛瓦的那边

抑或是人烟稀少的山脚下

人迹罕至的深山古寺

见到婷婷袅袅的

一树繁花

或白、或紫、或鹅黄

仿佛耸入云霄

又在枝头开得铺天盖地

你该会有怎样的激动

它就是玉兰花

它是园林的轻魂

它是春天的伴侣

它是交响乐里

最华彩的篇章

它总是让人在远处

舍不得移开眼睛

它又总是让人在树下

驻足，细嗅它的芬芳

桃　花

樵夫总是在湿漉漉的早春

循着雾气进山

在半山腰上驻足

看一眼山间的桃花

他或许不知道唐伯虎

诗歌里的桃花仙人

也如同他这般

穿梭在

仙境里而不自知

无论是在村舍田间

还是在庭院天井

只要有它的身影

你便知道什么叫作

灼灼其华，宜室宜家

它与柳树为邻

它与春风为友

有它的季节

你才能感受到什么叫

自在飞花轻似梦

在花瓣凋零的时候

爱花人会守在溪边

打捞落花流水的情节

铺排成浩荡的诗意

丝瓜花

到了春末的时候

在园角点下几颗丝瓜

一场春雨过后

丝瓜偷偷地探出头

抽芽长叶

舒展柔软的身子骨

慢慢地爬上门前的藤架

以及屋上的砖瓦

那金黄色的花

在门前开得意气风发

招惹得蜜蜂流连，蝴蝶翩跹

夏天到来

丝瓜藤也长得更长了

绕上疏篱

朵朵黄灿灿的小花

呵护着门庭

一如姥姥绣的罗帕

几只粉蝶戏累了

飞过疏篱

落在姥姥轻挽的发髻

温柔了岁月的枝桠

绣球花

狮子滚绣球

好事不断头

似乎自古

人们就对富贵绵长

有着不懈的追求

绣球花

一团团，一簇簇

既是精诚不散

又是圆圆满满

粉红天蓝

如同一个个绣球

是的

当天气变得温热

和风变得稠密

春姑娘就将绵密的心事

织进花的经纬

一点点攒集成球

等热烈的阳光经过

便含羞抛出

然后低下头

搓着衣角

趔进岁月的楼头

金银花

你有魔幻般的色彩

初开棉白

继而金黄

"深黄自染晓晨露

浅白犹披夕照霞"

你有沁人心脾的清香

清新淡雅

悠悠扬扬

"忍冬清馥蔷薇酽

薰满千村万落香"

你的藤蔓有不屈的斗志

不惧寒冷

笑傲风霜

"冻死石榴晒伤瓜

就是不伤金银花"

你生命力旺盛

不管土地肥沃贫瘠

旱涝风霜

房前屋后

沙滩荒岗

"连理枝间生并蒂

鸳鸯藤上结双花"

红　花

你喜欢在高原上绽放
红艳的色彩源自金黄
你天然去雕饰

娇媚丽质
酷似大山里走出来的新娘

在宏波世嘉等您

你的名字
是北京宏波世嘉
你的主题
是众志成城，携手联合

你集合了众多美好的事物
汇成了天地间宏大的万顷碧波
你具有磅礴的力量
谱写出撼天动地的篇章

众望所归
你以强大的号召力和凝聚力
吹响集结的号角
群策群力
你将精英阶层的睿智

绘成合作共赢的旗帜

五彩的logo
寓意五彩的未来
它的设计
出自著名设计师郑波之手
那点铁成金的妙手
勾勒出公司恢宏的愿景

宏波世嘉
这名字
是一首天然的诗
让公司的发展
向着星辰大海的方向

这里闪耀着文明的智慧

这里汇聚着乡村振兴的点点星光

这里是圆梦工厂

这里让演艺新秀走入大众视野

登上宏大殿堂

这里是丹青梦的起点

这里是各派大师的研习基地

这里是点燃内心憧憬的那束光

温暖后学者的眼眸

这里有古往今来的美韵

在师者的唇齿间传递、流淌

这里以文化为抓手

桃李不言，下自成蹊

一朵花开，预示春天的到来

一瞥惊鸿，开启灵性的展开

这里发起了全国预制菜交易大会

这里是中医药产业流通大会承办

中心

宏波世嘉

致力于传统文化的传播

当一切尘埃落定时

唯有文化的火种不熄

筑成民族灵魂的底色

宏波世嘉

愿为城市文脉负责

打捞城市背后的历史

将一切被风烟掩埋的故事

谱成一曲曲洪亮的长歌

宏波世嘉勇立时代发展的潮头

运用虚拟数字技术

为城市发展遴选最佳的服务模式

让城镇形象多彩多姿

宏波世嘉愿为城市发展代言

厘清城市发展的轨迹

探寻城市的精魂

为城市的谋篇布局

提供科学的策划依据

宏波世嘉会不断发现培养文艺
新人

为强国梦的发展，厚植人才的
根基

还将挖掘百强非遗传承人

传承灿烂的民族文化

让尘封的瑰宝发扬光大

世嘉人会通过自己的奔波和奉献

让烂漫的文明之花

在祖国的土地上灿然绽放

在这个创新的时代

我在宏波世嘉等您

我们的所有资源

都愿与您共享

宏波世嘉，将以自己的爱和博大

传递着对社会的关心和奉献

托举出最美的人间万象

让一颗颗丹心在阳光下沐浴、发光

来吧，我在宏波世嘉等您

让我们聚成一团火

不断成长壮大

拥有无尽的能量

让我们一起高擎巨笔

在辽阔的大地上

写出最美的诗行

啊！来吧！

让我们一起捧出悲悯和刚强

绘出盛世中国

最美的模样

佛头青牡丹花

最初见你

是在谷雨那天的景山

你披着一袭白色的轻衫

如诗如画

背对着我

仿佛云间的明月

翩然若仙

再次见你

是在敦煌的明信片上

飞天高挽着发髻

把一地的星光洒落成诗

又见你

是在景德镇的陶溪川

在我生命的至暗时刻

你是一束光

穿透我生命所有的阴霾

从此那支插着你的梅瓶

变成我今生的追寻与向往

说也奇怪
从那之后
我见你的机会
突然就多了起来

在这个世界上
你有很多名称
也被很多人爱着
成就举国称颂的诗篇

你摇曳在
每一位国人的内心中
你芬芳在
每一位诗人的笔尖上
人们称赞你

唯有牡丹真国色
花开时节动京城

你是美的
但我不喜你的繁华与喧嚣
正如四月天的风和月
也都是美的
而能够再见你的仙容
让人恍如隔世，不可言喻

我笃定这世上
只需一支佛头青
插在天青色的梅瓶里
我的人生
便有了救赎
因此我平添了勇气
写下这动人的诗篇

后记

我们正青春，奋斗正当时

关于"文化"的定义，我听过最好的回答是作家梁晓声所讲的，他说："文化是根植于内心的修养，无须提醒的自觉，以约束为前提的自由，为别人着想的善良。"

文化修养与读书紧密相关。我的身边，有初中辍学的亲戚家的小孩，有吃百家饭考上博士的学者，也有每天步行30里山路上学，从大山走出来的高考状元。这些人的人生际遇之所以有天壤之别，是因为他们在读书这件事上，有截然不同的差异。正因为看多了身边这些鲜活的事例，我才决定提笔撰写，也才有了今天的《宏绣龙文》这部诗集。

我们所处的时代，是一个信息爆炸的时代，对于绝大多数的青少年来说，读书是人生唯一的出路。只有竭尽全力读书，发挥自己的天赋，才能实现人生跨越，最终学有所成。

对于家长来说，每一位孩子都是一座等待开发的富矿。每个孩子身上都有成为天才的可能性。但是，只有部分幸运的孩子，内心潜藏的热忱能在读书过程中被激发出来，通过精心引导，最终成为某一方面的佼佼者。更多孩子的天赋，则由于各种原因被埋没了。

由此看来，读书对孩子的成长至关重要。一旦孩子读书的热忱被激发出来，就会闪现出奇异的光芒，惊艳世人，甚至创造出奇迹。

美国前副总统亨利·威尔逊是一个穷人家的孩子，10岁时离开家，当了11年的学徒工。但在他21岁前，就已经读了大约1000本书。正是读书，让他有了新的人生。威尔逊的事迹给了我们很大的启发，那就是要让孩子们珍惜时间，潜心读书。潜心读书还能养成认真细心和严谨的品质。这种品质本身，就拥有强大的智慧力量。

不要小瞧时间的力量，一周读一本书，一个月就是四本，一年将近五十本，十年就大约五百本。

习近平总书记说过："我最大的爱好就是读书，我想这是一个终身的爱好。"

最是书香能致远。正是有了这种"一物不知深以为耻，不弄懂誓不罢休"的精神，才能在读书中提高思想水平，提高解决实际问题的能力。

读书是一种情怀，是一种积极奋进的生活状态，是一种慎思笃行的学习态度。在这个喧嚣的世界里，放下手机，捧起一本书，静静地沉淀自己，轻轻地把灵魂安放在阅读中，体会沉浸式学习的快乐，这是多么美妙的享受！

亲爱的孩子们，难道你们不觉得这是一种高级的快乐吗？读书可以引领我们的心灵，振奋我们的大脑，纯洁我们的思想，丰盈我们的灵魂。在阅读中，总会有些句子惊艳你，触动你的心扉。巴金说："读书是在别人思想的帮助下，建立起自己的思想。"静心读书，享受生活，读书是人生最大的快乐！

但行好事，莫问前程。希望每个孩子都成为爱书、读书的践行者。青春太过仓促，不会被无限延长，更经不起虚度和辜负。这世上没有白走的路，每一步都算数，别在吃苦的年纪选择安逸。年轻就是拿来奋斗的，唯有奋斗才能迎来自己想要的人生。

正是在努力奋斗的过程中，我们才能发现自己的心之所向，才真正理解世界和自己。当你尚在年少，你受的苦，吃的亏，担的责，扛的罪，忍的痛，到最后都会变成光，照亮你的路。

我真希望从现在开始，家长也能放下手机，收起慵懒，陪伴孩子读书。我自幼有一个文学梦，但是俗事缠身，真正有时间伏案写作，是在小儿子上高一之后。

我总爱和孩子一起伏案。我沉浸在文学的世界，他专心写着自己的作业。这样的环境冥冥中似乎有一种安静的力量，让孩子惊喜地发觉自己的潜能是无限的，心智越发成熟，让孩子笃定对梦想的热爱，对真理不知疲倦地探索，从而获得更强的耐力，让自己的理想，在学习的过程中不断升华。

亲爱的孩子们，当你为了梦想拼尽全力，为了心中的明天锲而不舍地努力时，你的内心自然充满对成功的渴望，而上天一定不会辜负一个如此努力的人。所以你终会发现，成功远比你想象中容易得多。没有谁能够拦住一颗向往自由的心，有梦想的人，听从自己内心的声音，永远没有歧途。

我们都是世界上独一无二的个体，应该有属于自己的精彩人生。相信每个人通过不断努力，都会收获自己想要的人生。

随着电视剧《功勋》的热播，"两弹一星"功勋科学家们再次走进了我们的视野。"两弹一星"伟业是中国人民勇攀科技高峰的空前壮举，"两弹一星"精神体现了自强不息的民族品格，在今天仍具有重要的时代意义。当时，中华人民共和国在物质基础十分薄弱的条件下，在较短的时间内成功地研制出"两弹一星"，创造了人间奇迹，让中国人民挺直腰杆站起来了。

这些功勋前辈，怀着强烈的报国之志，自觉把个人理想与祖国的命运，把个人志向与民族的振兴联系在一起。许多人甘当无名英雄，隐姓埋名，默默奉献。他们用自己的热血和生命，书写了为祖国鞠躬尽瘁的壮丽史诗。

　　在中国共产党成立100周年之际，为了赓续红色基因，传递英雄故事，弘扬爱党爱国爱社会主义的高尚情感，特为青少年推出新诗集《宏绣龙文》上册，让孩子们从《爱国篇》《英杰谱》《励志铭》《故园恋》《亲情浓》《时令美》《花卉妍》等中，感受传统文化，感受家国情怀，感受祖国壮美，从而牢固树立珍惜青春、报效祖国的宏大志愿！

　　值此付梓之时，我由衷感谢为我诗集写序的汪兆骞老师和李天文老师，感谢你们的支持和厚爱；由衷感谢小儿的语文老师宣颖华老师无微不至地关怀着小儿，让我得以静下心看书、学习、写作、画画，有了自己的艺术世界。感谢在我前进道路上，所有帮助过我的人们。也希望这本书能够给青少年以美的启迪，智慧的碰撞，书香的浸染，让青少年在确立人生志向、践行奋力拼搏上受益良多。

下册 宏绣龙文

王洪荣◎著

中国财富出版社有限公司

图书在版编目（CIP）数据

宏绣龙文. 下册 / 王洪荣著. -- 北京：中国财富出版社有限公司, 2024.
12. -- ISBN 978-7-5047-8360-8

Ⅰ. I227

中国国家版本馆CIP数据核字第20241S0590号

策划编辑	李彩琴　郝婧婕	**责任编辑**	贾紫轩　陆　叙	**版权编辑**	李　洋
责任印制	梁　凡	**责任校对**	张营营	**责任发行**	杨恩磊

出版发行	中国财富出版社有限公司	
社　　址	北京市丰台区南四环西路188号5区20楼	**邮政编码**　100070
电　　话	010-52227588 转 2098（发行部）	010-52227588 转 321（总编室）
	010-52227566（24小时读者服务）	010-52227588 转 305（质检部）
网　　址	http: ∥ www.cfpress.com.cn	**排　版**　宝蕾元
经　　销	新华书店	**印　刷**　河北鑫彩搏图印刷有限公司
书　　号	ISBN 978-7-5047-8360-8 / I · 0381	
开　　本	710mm×1000mm　1/16	**版　次**　2025 年 1 月第 1 版
印　　张	24.25　彩 页 8	**印　次**　2025 年 1 月第 1 次印刷
字　　数	344千字	**定　价**　98.00元（全2册）

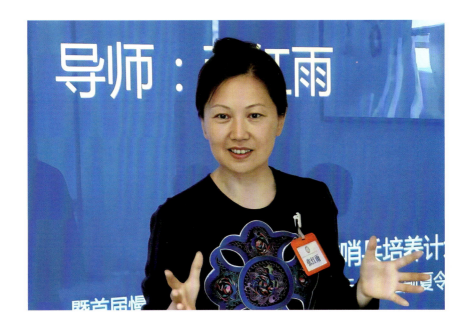

张红雨

北京市海淀区元源新文化促进中心理事长兼主任。中国决策学创始人张顺江之女，"两弹一星与海淀"文史研究者，巡回展策展人。专注于中国传统文化、美学及"两弹一星"红色文化研究，十五年间为社会各界人士讲解累计千余场。

致公党党员，先后担任致公党北京市委文化工作专委会常务副主任、致公党中央文委委员，北京致公书画院常务副院长，北京致公爱心专项基金理事，北京三生环境与发展研究院副院长，中国发展战略学研究会理论专业委员会委员，石景山政协委员，连续十年获致公党优秀干部及优秀党员表彰。1995年由科学普及出版社出版其作品《诸葛亮的神机妙算与决策科学》。"歌唱祖国"全国巡回演唱会、宏绣龙文科技研学基地、宏绣龙文励志诗朗诵赛活动发起人。

任淑美

华佗五禽戏第58代传承人。1982年习武，毕业于北京体育大学武术专业，国家级优秀社会体育指导员，多年习练五禽戏，深得五禽戏真谛。在挖掘整理、推广普及、创新提升方面做了大量的工作，被多家单位聘请为五禽戏总教练，弟子遍及国内外，为华佗五禽戏申报国家级非物质文化遗产做出了突出的贡献。

曾获全国群众体育先进个人，安徽省先进工作者，全国

群众最喜爱的社会体育指导员，获市政府津贴。安徽省第十二届人大代表，安徽省第十二届妇女代表，谯城区第十四届政协常委，谯城区第十七届、第十八届人大常委。现任宏绣龙文五禽戏培训基地教练。

多次荣获国内外五禽戏冠军。例如：安徽省第一届五禽戏大奖赛总决赛个人冠军；安徽省第十五届健身气功五禽戏比赛第一名，气舞第一名；安徽省健身气功网络比赛健身气功五禽戏、健身气功大舞、健身气功马王堆导引术第一名；2015年中国亳州国际健身气功博览会五禽戏一等奖；2018年中国池州健身气功博览会五禽戏、八段锦、易筋经一等奖；第三届欧洲健身气功运动会健身气功五禽戏、健身气功大舞一等奖；全国健身气功站点总决赛健身气功五禽戏一等奖；全国健身气功五禽戏网络比赛一等奖；等等。

序一

既见君子，云胡不喜

　　思萌女士是我的长辈，也是将我引入诗歌灵境、赐我诗意人生的指路人。我将思萌女士的书稿放置案头，早晚品读。打开书页，方知书中纯真作经纬，情义如黄金。

　　在这个越来越浮躁的现代社会，对爱情的歌颂日渐式微。但思萌女士的诗歌有这个时代难得一见的纯真。思萌女士的诗歌，大多直抒胸臆，少有雕琢粉饰之语。她是一个至情至性的人，不屑于矫情自饰，不屑于迎合世人。她就那样明快地歌颂着她心中火热的生活，赞美着纯真的爱情。那些动人的文字、优美的意象，在她的诗句里唱响。她用她的生命点燃了浪漫的诗情，她是这个世上的行吟诗人。

　　我欣赏思萌女士的勇敢，即便世界无情地将其摔打锤炼，也无法改变其对生活的观点、对生命的态度，更无法改变其灵性的舒展、灵魂的模样。一如她在《寻觅》一诗中所写。

> 我寻觅彼此曾经拥有的爱恋
>
> 搜索着枯肠
>
> 竭力赋予它灵魂的高尚与绝美
>
> 尽管生活充满了无奈
>
> 但要我放弃本心绝无可能

长期淬炼与积攒的真情
怎能因世俗的非议而使它
幻化落空

　　我执拗地认为，诗歌是这个世界上最好的传情达意的体裁。一首从心底流出的诗，必将带着诗人的灵魂，是诗人写给这个世界的"呈堂证供"。通过字里行间的那些若隐若现和欲说还休，我能看得出她留在纸上的吐气如兰，也能够揣摩到她写诗时的情感。

　　她种下思念的种子，长成了参天大树，在回忆里招摇。她种下了葡萄，把果实酿成酒，殷勤地邀请大家一起醉。读思萌女士的诗的每一个瞬间，都仿佛漫步在春风沉醉的晚上，而大家也享受这春风的绵软和这夜晚的春色。陌生的人们在思萌的诗歌里慢慢熟悉了起来，仿佛找到了失散多年的老友，寻找到了灵魂最初的模样。突如其来的诗香令我们迷醉，让我们的心灵碰撞。我们在红尘最深处开怀痛饮，心灵沾染了春天特有的明丽。

　　读思萌女士的诗，可以让人变得年轻。她仿佛永远可以放凡尘俗世的鸽子，唤醒曾经的岁月。诗人老了，诗歌永远年轻，爱情的话题永恒不变又生机勃勃。在你最痛的时候，这里有足够广阔的天地承载你无处安放的灵魂。思萌女士的诗集是她递给世人的白手帕。诗歌的世界，是古人所说的"寻得桃源好避秦"，居住着精神世界的难民。

　　写诗，是一种修行。诗情的迸发，源自心底的一座桥。承受五百年风吹，五百年日晒，五百年雨打，只为你从桥上走过，我的心便是欢喜的，从此望月不再寂寥，从此阴晴都有存照。思萌女士用无邪的文字，抚慰世人沉重的肉身、疲惫的灵魂。思萌女士有轻灵的文字，也有表里如一的高雅和天真。她的诗是缓解现实的疼痛的良药，是神灵送给世人的救赎。

白日消磨断肠句，世上唯有情难诉。这世上唯有至情至性之人，方能写出至情至性之句。而思萌女士的文字，让我们沉醉于镜花水月之中，染一身月色，沾满袖书香，兼想一路心事。

李蓁蓁

序二
对爱的永恒记忆

诗，要有真情。

清末学者、诗人王国维极力主张："写真景物、真感情"。言而无文，行之不远；诗而无情，难以动人。

读思萌的诗，会感到兴奋，她的诗中有着"飒飒东风细雨来"的真情。她的诗有着无处不在的热情、激情、真情。她的艺术思维始终与情相伴。

对情的倾诉和歌吟，赋予她的诗特殊的魅力。

思萌的情，在诗中是独特而丰富的。诗人用心的投入、生命的投入，使我们感受到她那种近于悲壮的诗情。

> 有你不言的苦楚
>
> 有我无声的泪水
>
> 给悲壮染一层凄婉
>
> 断梦中残留着执着
>
> 一苇渡江
>
> 载负着沉重的忧伤
>
> ——《不逝的波澜》

　　诗是诗人生命存在的一种方式。读思萌的诗，似乎每篇都是自传。她把自己的生命无忌地裸露给读者，因爱而生成执着与昂扬，因爱而生成焦渴与苦楚。这纠缠交错的情绪，和诗人心灵独行的意象构成了动人的美感。"为伊消得人憔悴"的痴情，"春蚕到死丝方尽，蜡炬成灰泪始干"的执着，深深地打动了我们。

　　对爱的苦苦寻觅与奉献，在情感历程中的享受与苦难，都是诗人的自觉选择。诗人的心灵独白，我宁肯把它当作对普通人生的感喟。她的爱是人类的爱，她的苦楚是人类的苦楚。穿越时空，浮起的是永恒的生命的冲动。

　　　　把人生的感悟融进诗行

　　　　把苦涩的相思写入生命

　　　　　　　　　　　　　　　——《我喜欢写诗》

　　思萌的诗很朴素，很清新。她的情诗，一直都有初恋的情愫，好像一场洗涤世界与灵魂的雨，好像清冽的山泉。

　　　　我的诗忧郁而缠绵

　　　　写满对你的思念

　　　　激荡在这寂静的夜晚

　　　　　　　　　　　　　　　——《深夜》

　　思萌的诗来自现实，包含着生命的活性，那从心底流出的诗行，是采撷于湍急的时间之流的思维的浪花，是诗人的鲜活的感受，是完全属于思萌自己独特的直觉和体悟。行云流水，无迹无痕，有真情，有诗意。生命的存在不是悲剧的诗，而是真诚的诗。

　　选择了爱，就是选择了幸福和痛苦。诗人愿意摒弃一切，而于寂寥中创造从未体验过的乐趣。在慨叹与吟咏中，品尝生命的欢乐与苦难。读思萌的诗，我们把握的是浪漫的诗人美妙的真情和坦诚的良知。

真情是永恒的，《宏绣龙文》下册是对永不泯灭的青春的歌颂。

诗是个人激情的自由抒发。思萌把诗还原到生命的层面，以它的朴实的心灵之旅，阐述诗人心灵的低低私语。诗人要把内心矛盾的焦虑煎熬成膏，让情感痛苦的冲突血流成河，精神的城堡才会更加神圣。

汪兆骞

序三

乐而不淫　哀而不伤

"关关雎鸠，在河之洲。窈窕淑女，君子好逑。"（《诗经·周南·关雎》。大意：水鸟应和声声唱，成双成对在河洲。美丽贤淑的好姑娘，是君子的好伴侣。）"蒹葭苍苍，白露为霜。所谓伊人，在水一方。"（《诗经·秦风·蒹葭》。大意：芦苇密密又苍苍，晶莹露水结成霜。我喜爱的人儿啊，站在河对岸。）"宜言饮酒，与子偕老。琴瑟在御，莫不静好。"（《诗经·郑风·女曰鸡鸣》。大意：佳肴做成共饮酒，白头偕老永相爱。女弹琴来男鼓瑟，和谐美满在一块。）……你看，我国第一部诗歌总集——《诗经》，就收录了不少关于爱情的诗歌，怪不得有人说"爱情是文学永恒的主题"。

思萌爱读诗，也爱写诗，在当地诗界可谓小有名气。一看到她的《宏绣龙文》下册，我还是被深深地震撼了。

是的，在文学史上，"爱情"是一个亘古不变的"主题"。而"爱情诗"，毫无疑问，就是表现这个"主题"的最为精练的文学形式。所以，古今中外，都不乏脍炙人口、感人肺腑的爱情诗歌，并且有大量的读者。我相信，思萌的诗集出版后，也会受到众多读者的热爱，甚至很多人会爱不释手。

爱情，没有定规，没有模式，没有程序，没有理由，所以爱情的"种类"林林总总，难以计数。不可否认，既有浪漫的爱情，也有淳朴的爱情；既有张扬的爱情，也有压抑的爱情；既有愉悦的爱情，也有郁闷的爱情；既有幸福的爱情，也有痛苦的爱情；既有海枯石烂的爱情，也有擦肩而过的爱情；既有矢志不渝的爱情，也有见异思迁的爱情……因而，爱情的"千姿百态"，也使得诗人笔下的情诗"琳琅满目"。思萌的情诗，有诗人的诉求、诗人的企盼、诗人的祈祷……我敢断言，思萌的作品映照的是思萌的生活。

爱情，因时代不同而异，因环境不同而异。不同的时代有不同的社会关系，不同的环境有不同的人情风貌，爱情的模式也因此"形形色色"。正是这种"形形色色"，给思萌提供了丰富无比的创作源泉，她也因此写出了不少闪光的爱情诗篇。《宏绣龙文》下册不仅在思萌的作品中有一定的代表性，而且未来在社会上也会有一定的影响力。诗作可谓"纯真浪漫，乐而不淫，哀而不伤"。相信广大读者在欣赏思萌这些精妙的爱情诗的同时，还可以领略到思萌原汁原味的语言魅力。

难为序。斯为序。

杨东志

目 录

心灵独白

附　录

涩涩的春

想　你

礼拜一，想你

在梦里梦外，看云去云来

在夜深静谧的时刻

在喧哗与骚动的时刻

在蝶飞蝶落的时刻

让这些再次成梦

像情感深处的一次旅行

目光殷殷引路，心灵款款跟随

青春的菱歌在你身后

一路追随

这个春夜谁在接近睡莲

踏碎一地的清辉

在远古的月光中

谁踏歌而来

或者真的不再归来

万籁无声的寂静中，你可知我

一个痴情的女人

在望，痴痴地望

在想，那曾经的仰天长叹

或俯身悲悯，那被匆匆扯痛的心

那次忽然悸动，而又忽然变得

陌生的感觉

那次血与泪的静落

黄昏时的苦痛

的确像是一场梦

像光和影所变的魔术

当我的心被你攥住的刹那

命运发出青瓷一样的光

在深处的路口坚守

等你，一生一世

此刻，我捧着一束玫瑰

九十九朵玫瑰，给你

我思念的知己

我命脉的源泉和伊始

长夜只为等待

千百次的顾盼与期冀

从人生的各个方向集结

共同汇聚在这个目光如霜的夜晚

谱成一曲无声的歌

一轴有韵的画

珍藏在心中

在如水的夜里轻轻吟唱

向着你远去的背影

倾诉内心的隐痛

那些歌唱、欢笑、诉说

都已遥远

夜静，更深

只有海棠未眠

还有银河的群星寥落

殷勤地与我做伴

等待最后一颗星子隐退

等待耿耿星河

长夜只为等待

等待命运一刹那的开怀

我困守在这个地方

如同玉鸟被关进了囚笼

只是无望地等待

往昔的浪漫却不再

漫漫长夜

与寒风夜露为伴

听云月缠绵低语

任凭泪水洗刷着脸庞，冲洗着无

尽的悲伤

这一段青春已付之东流

你终究是我五百年前的风流业障

在多情的月夜，窗帘透出微光

那些清词丽句在心中流淌　然而

我心中却如此忧伤

为了不让爱沉默

我独自斟酌

在这世俗多情的月夜

可笑地自说自话

欲盖弥彰

爱的低语

（一）

寂寞让我清丽如雪
过往的一瞬在我脑中时时闪现
我们相处的每分每秒
都如同惊雷闪电
让我念君心喜，让我念君如狂
让我狂跳的心无法自抑

此时，相思已爬满了烛台
铺天盖地的孤独将我席卷
伴随着窗外朦胧的月色
将我包裹成多情的春茧

我不得不承认我意志薄弱
一次次放任自己的思念
君心似海，为了家国
为了他人
日日操劳，昼夜奔忙

我怎忍心在此时将你打搅
就让浩荡的春风带去我的思念

请把脚步放缓，看看春光
在我柔情的眼波中适当休养

怎能忘记你给我的无边关爱
你给我送来的枣子，还带着你手
上的余温
更难忘你踏雪而来，对我的探望
你无私的支持
是我风雨如晦的生命中
最大的光亮

从此，我浮生奔忙
却不再孤独
你的祝福如同天上的明月
让我回忆着如烟的往事
感叹生命如诗

从此之后，满天的风雨无怨
从此之后，轮替的春秋无悔
从此之后，璀璨的灯火无言
从此之后，静默的心灵无语

我不在乎爱你的路远隔关山

我不在乎相思的煎熬岁岁年年

我只知道蓦然回首时

我心底的答案

遇到你，一生无悔，此生无憾

爱人

此时此刻，寒意爬上我的腿弯

我多想在此时抛弃一切，张开双

臂拥你而眠

让我们浓烈的爱冲淡世上的一切

相信有你纯洁的爱在

我能够碾压这世上的千难万险

（二）

爱人

你是我的卡普里

你的爱情是如此美丽

但我不得不选择离开你

当我离开你的时候

请你不要忘记

无论我身在哪里

你都有我的思念迢递

此时的我

多么想沉浸在你的爱里

贪婪地多要一点，再多要一点

我甚至不敢再想好梦是否能圆

不敢想究竟要到何时

我们才能彻底相依相伴

（三）

今夜的我再次来到命运的险滩

看着命运河流在我脚下纵横交错

暗悔曾经瞻前顾后

期望还来得及向你表白

人生终究容不得一步行差踏错

你对我说过的每一句话，都是千

金箴言

而你又时常沉默

让我不安，想要呈现一个更好的

自己给你

都说爱情中的男女两心相知

我不知你究竟能否体会到

思念的甜蜜与苦涩

我只希望你记得

我衷心的祝福与思念

将时时伴你左右

而当我们不得不分离时

我将你的言语切碎

就着时光在心里默默咀嚼

品这相守之甘，相思之难

回味你说的，一个灵魂

两个身体，纵然身体离散

两颗心滚烫，总是相连

我们都在浮生里空自奔忙

苦苦挨着命运中那段最残酷的

时光

绵绵相思，重重恨海

憔悴了

那颗柔弱的春心

在生活的路口看繁花满树

你将是我永久的期待

爱人

红尘有爱

长河悠悠

一份前生的情缘

今生再续

五百年前一次爱的回眸

让我们彼此携手

爱人啊，这是来自月老的馈赠

而不是神话与梦幻

让我们抵死缠绵，相互拥有

得到了这世界上，缠绵悱恻的

幸福

让我在每一个星辰和日落

对你诉说着

爱的低语

回　忆

无边的往事

像小溪一样流淌

流淌在每一个白昼与夜晚

沾染我的情意

浸透我的心房

昨天的小雨

打在脸上，泪珠一样滚烫

往事在夕阳里

被雨水绞杀得七零八落

回忆像酒入愁肠

余味悠长

孤独时

孤独时，你来了

这是希望

在我心中点燃了希望

那对生活的渴求

我寂寞孤独时，你出现了

出现在我的梦里梦外

使我那受伤的心灵，得到了慰藉

顿时雾散云消，我从心底

感到一种幸福，这是你给我的幸福

仅此一次我会回忆终生

为了你

为了你，我才把肆意疯长的思绪

尽力收拢

摒弃所有的杂念

只让你的影子，在我的思绪上

显现

像一抹秋天的云

寻　觅

我寻觅彼此曾经拥有的爱恋

搜索着枯肠

竭力赋予它灵魂的高尚与绝美

尽管生活充满了无奈

但要我放弃本心绝无可能

长期淬炼与积攒的真情

怎能因世俗的非议而使它

幻化落空

尽管情天欲海会不时泛滥

但我爱你的信念依旧坚定

我将依然走进你爱的港湾

生活的选择看似有成千上万种

但究竟唯有你

才是我心头的那抹红

这世上没有无缘无故的相遇
自从那天你走进我的生活
生命就已悄然改变
尽管我们判若云泥
你却是我这一生最美丽的寻觅

让我的情爱开辟鸿蒙

让我的心跟你的灵魂一同律动
只要两心如一
我想苍天定会动容
这心指引着前进的航向
而你在红毯的终点等我
这一生的眼泪终收束
当看到你的那一刻
我泪洒如雨
幸寻觅有果

浪　漫

我不愿停止爱你的脚步
即使已经白发苍苍
即使万物已多数化作虚无
为此
我在心底默默地祝福你
借天地间的一缕清风
将心事还给泥土
曾经那些无奈的款曲
也在内心的挣扎中
不断超越成祝福
我的眼眶中
总是不自觉地坠出甘霖
在时光的洗礼中滴泪成珠

回想与你相爱的种种
过程除了梦幻
便是一片空白
——当欲望被净化
还会有爱吗?
这让我庆幸
我拥有的浪漫是无边的纯粹
即使这浪漫要遵循一定的轨迹
如同昔日的美好只需撷来一两片
就足以酿酒
如同心之自由
共赴你我的一个梦

我愿化作一贴追风膏

惊闻你的脚不慎扭伤
虽然疼痛在你的脚上
却准确无误地洞穿我的心脏
痛得毫不设防
我愿化作一贴追风膏

就此堵住我从心底溢出的意难平
我甚至有点嫉妒它
能为你去痛疗伤
能陪在你的身旁

夜 思

人难寐，月难寐
空余春梦留人醉

人道风景总不殊
却把相思赋予谁

念去去
月有众星
我独有你

逝水终难回
此情不可追

选择等待

总是跳不出迷惘单一的云团
尽管明明感知到另一颗心的磁场

强烈的洞察，你的直爽

身后撒落了一地的沉默
在漫长的冬季徘徊，而我
早已准备好一个长长的等待

当然，我们真诚地交往

有无数风景作证

那份设想仅是寒夜中

期盼开放的一朵

梅花

殷殷地等待着，希望它

冬季里如期开放

爱的花朵

我没想到你我相爱如此之深

而我只是徒劳无功地在你的影子

里苟活

从不敢设想你爱我至深

小心翼翼，只怕你在这场爱情中

感到疲惫

但我又不愿匍匐在你的影子里

总想爬出来寻找自我

可刚一抬头我就错

又在制造命运的蹉跎

真想解了那把锁

拯救在桎梏中的我

忘不了你爱我时

漫天飘洒的花朵

怎肯辜负这世上的情意殷殷

就如同我无法将最深沉的爱恋

描摹

凡尘俗世里，你的笑容和问候

便是最温柔的寄托

友　情

一直认为语言是这世上最无力的

东西

否则

为何难以表达我对你思念的万分

之一？

每当你富有磁性的声音响起

夜色苍茫中，隔着一根电话线
你的优秀让我不能自已

你温柔的话语中
每每流露出对我温馨的祝福
此情该如何去描述

我又该如何回应你对我的情意

我会变成更好的自己
我会带着你的祝福
成为生活中的强者

思　念

从你的笑脸上
遗落一粒种子
它扎根在我心里

你的话语是灵丹妙药
和泪水一起
将种子灌溉

它繁茂地生长
长成了参天大树
树上挂满了青果
我执着地守在树下
要等那甜蜜的果实
但你迟迟不来
它只好枯萎

心愿（之一）

我将大半个人生细细咀嚼
在心中将得失一遍遍细数
一路风霜雨雪艰苦备尝

一路酸甜苦辣给灵性插上翅膀

我愿做一个清苦的诗人

让灵与肉在思想上撞出火星

照亮自己也照亮了别人

我的一切一切

在诗中悄然盛放

从心底流出的每一行诗句都无须

盛装打扮

只要如实记下

心灵栩栩的挣扎历程

是非功过

留待后人评

心愿（之二）

在我青春的世界里

有强劲的东风

供我求索的风筝任意飞翔

有浩瀚的海洋

供我理想的船儿解缆远航

我沉浸在即将与你重逢的喜悦里

却不承想

我的翅膀太幼嫩，经不起狂风

我的船儿也太小，禁不住大浪

我只能无助地在大海上随波逐流

肆意漂荡

我多想拥有强大的翅膀

我多想有一副有力的船桨

为什么风筝会坠落深渊

为什么船儿会搁浅海滩

但这又怎样

我来过，我爱过，我活过

我知道怎么爱，怎么活

天空深远，海洋湛蓝

天高地阔，任我翱翔！

心愿（之三）

我的心中埋藏有一个希望

这一刻，我从镜子里看到你

像一个头戴花冠的小王子

悄悄站在我的身后

理我丝绸般的长发

轻轻抚摸我因思念你而变得消瘦

的双颊

吻我如玉一样的颈

当你不再犹疑

而是选择重新走进

我的世界，那个因你到来而开满

鲜花的世界

让我们坐在月亮上，翻阅

我们青春的诗篇，还要在

画框前，让昔日的美好重现

这不过分

这应该是很自然的

可为什么命运要在你我之间

制造那么多

横生的枝蔓？

但为什么，这一切只是幻影

你为什么不出现？为什么……

款款的恋

感动苍天

夜色笼罩四野

我不顾一切

要寻觅你炽热的唇

心灵总是缄默

你我相爱

能否构建出人世的坦途？

让一轮明月

普照你我曾走过的翠色晴峦

在两山的夹缝里停舟

品尝甘露化成的清泉

但世俗人言如影随形，

总令我彷徨不安

让我瞻前顾后，罔顾魂梦清浅

你我痴爱

能否感动苍天

给爱人

孝顺善良是你的本性

务实勤勉是你的信条

诚实守信、恪守母训

是你生活的原则

坚韧宽容是你的修养

直面人生是你的坚强

笑中带泪是你柔情的衷肠

我爱你，源自你我心灵的互通

我们有共同的苦衷

愿昨日的惆怅如一缕尘烟般消散

今天的相爱的力量

将成为你生命的源泉

为你扬起生活的风帆

给你（之一）

每一次相见
都感觉时间过得太快
但女性的敏感
让我察觉到
你温柔的目光之中的躲闪
还有那一闪而过的无奈

难道我们相爱
是让你感觉到疲惫的原因？
还是这世上的一切永恒
都是一杯含泪的鸩酒
让我们以最美的姿态
一饮而尽

虽然你说是真情的力量
让我们彼此携手
相爱相拥
但谁能忽略客观存在的无奈和
悲哀
可我们纵然被飞短流长伤害得千
疮百孔
却仍坚信情的魔力
它使我们彼此相依，永不分离
我会永远握着你的手
成为那一棵英雄的木棉树
共同生活，战斗

给你（之二）

我曾那样将你凝望
只为确认你眸子里
是不是仍有令我不安的迷茫

我曾那样将你迷恋

抖落的一地情愫间
有我苍白的思念

让时间证明
我的每一个毛孔

都写满对你的崇拜

为什么我们还没相遇
我就总是想起离别
随之漾起的
是满心的依恋和无奈
点点的泪光

温柔着缠绵的告别
在你心里
又是如何看待我的呢？
还是对你来说
对我的好感
不需要太多的言语和承诺

无题（之一）

你突然说要见我
可我恰在此刻要出门远行
你滚烫的话语若五月的风
轻轻将我撩拨
却撩不起我的半点热情

你的垂青是我的枷锁
我爱的世界早已一片荒芜
没有鲜花怒放
只有亘古的孤独
我彻底放空
缓解我的疲劳忧伤

我想亲手为自己编织一顶桂冠
现实回应我的
却总是个美丽的错误
你的信任和友谊
镌刻在我的心底
脸上却没有一丝涟漪

我的心是小小的寂寞的春城
不容嗒嗒的马蹄靠近
将所有的狂蜂浪蝶统统流放
闭紧了心扉

无题（之二）

我如果真的爱你

就应该选择

无条件深信

即使是天南地北

即使是人间冥地

我们的身体要彼此相依

我们的灵魂要彼此合一

唯有如此

才是永恒的爱

才是永恒的知己

无题（之三）

携带着漫天风尘

和满满的欢悦

我返回京城

跟他相拥而眠

他胸怀的温暖

让我不再孤单

驱散了我所有的疲惫

心中溢满了甘甜

此情只应来入画

浓浓深情可醉人

这一刻，我终于相信

我是天底下最幸福的女人

无题（之四）

无法对你的渴求视而不见

正如同我不知晓该如何

关闭情感的闸门

关闭思念的闸门

甘愿做那个
永远追随你的影子

我拼命地追寻了半生
才知那是
北方的白雪和白雪之中
纯洁而神圣的深情

往事终将随风飘逝
一如那份远古的爱
那份刻在心底的痴情

我实在不能再这样下去

我的爱
会在梦中得到
我不会停止寻觅的脚步
创造那时那刻的永恒
在那个春风沉醉的夜晚
和缪斯一起动手
塑造一个真实的我
宛若新生

致　M

从我们相见的那时起
已经过去二十六个日夜
对那个特别的夜晚
你是否也像我一般将日子牢记

你是否还忙得如同一位帝国的
国王
我依然选择纵横四海天马行空

重压之下，你有着如此之多的
无奈

而我庆幸我将不再为此感到孤独
和感伤

我的乌丝变得枯涩
容颜也不再亮丽
不知我的影子还能否倒映在你的
瞳仁
你的音色，已经刻进我的内心

你是个好男人、好爸爸
我是个良母，却做不了贤妻

埋首事业，自会让你此生充实
我也用一贯的奔波麻醉自己
只有夜深人静，才敢正视自己
颤抖的双手
却总拨不出那个烂熟于心的号码

或许哪天，我们又在命运的岔路
口重逢
若你不能无视地走过
那么便驻足，彼此点头示意
相逢一笑泯相思

再致 M

谢谢你容许我占据你记忆的一个
角落
在电话里给我殷殷的祝福
安慰我的欢欣
抚平我的相思
酬答我的牵挂
原来，那些风烟，那些往事
你统统没有忘记

你记得我们说过的每一句言语
你记得我的存在

也许有一天
命运让我们再次不期而遇
我想我会大胆地走上去
握一握你的手
把全部的祝福给你

唯 一

涓涓细流不因石而阻
殷殷情谊不因远而疏
你是我前世的宿缘
在这苍茫人海中
圈定一个共同的基点

由此，成为所谓的朋友

你对我的关爱
不是霸道的"垄断式"的爱
而是真诚的慰藉

并将这份真诚

升华为透明的情谊

默默地为我的生命进行给养

让我在人生的苦痛与虚无中

找寻到人生的价值

生活告诉我

朋友易得

唯一难寻

我确定无疑地知道你是我的唯一

你说我也是你唯一的爱人

这是真的吗？如果你坚定地点头

那么我将告诉你

在我的心灵世界里

你早已是我情感的唯一

我生命的依托和希冀

我会默默地等待

我将学习盘古和女娲

创造崭新的天和地

让理想骄傲地

照进我们相濡以沫的现实

爱的圣典

我说：

"爱总是令人无奈！"

你说：

"无奈也是爱。"

那么，爱的真正含义

到底是什么

当爱萌芽的时候

总是爱别离

透过那个哭泣的夜晚

我感受到了

你灵魂深处

散发的香气

我越是感觉到精神空虚

空虚之感就越发强烈

也越能感受到孤寂

看孤寂一点点把痛苦消磨

可以这样去解释吗？

爱是不能埋在心底的

埋得越深，人就越痴

越把自己推向痛苦的边缘
如一次飘散的秋梦

真爱能让人得到真正的幸福
这点让很多凡夫凡妇深信不疑
将此作为一种人生的向往和奢望
因此相思也将步入迷途

让我体会到这种扎心的幸福
这种痛苦的味道
原来
在你的怀里
在我的心里
我们都错过了爱的佳期

那也许是无缘的天意
即使我们都知道
对方是自己今生的唯一
那每个瞬间的细节
都让我深深迷醉
不能自已

从开始到现在
从一种感觉到另一种感觉
在情与恋之间
在相思与幻梦之间

在相拥与爱抚之间
在相望不相亲之间
在思恋的梦里梦外
在青春的云去云来
在彼此情感的历程中
爱恋的心情
与恋爱的低语
终于抵不过时间的砥砺
开始融化和升华
终成爱的圣典
写就荷马史诗般执着的诗篇

足以让我沉醉的
是你神祇般的容颜
让我最终沦陷的
是你的责任感与良善
思念如影随形
在千里之外时刻惦记
爱你爱到心力交瘁
爱到心颤不已

别离的夜晚
照壁青灯
思君不已
我想那只是神交
在电话中谈了一夜的感动

想起你每次为我摇舟

又为我洗尘的情景

想起你对我的情意殷殷

想起每次重逢的时候

那狂热的拥抱和亲吻

想起我们长久拥吻的欢欣

这种空灵的感觉

无以言说

现在

我才真的理解了

与你相爱时的甜蜜

就让我沉沦在你的温柔乡里吧

我愿不再醒

我忽然想到

那么

我又该如何让你知道

我是多么爱你

以我心底的九百九十九朵玫瑰

还是我终身的微笑和泪滴？

也许是我的痴爱与痴迷

对你的爱早已超越了情感的禁区

推翻了我之前的设计

进而改变了我整个人生

为了这份爱

我下定决心重新蜕变自己

与你的爱保持一致

步履不停

做个豁达的女人

呈现给你

啊！

我心中的爱人

我灵魂的全部

我生命的主题

或许

还有另外一番解释

还能设置另外一种模式

在激情的欢娱之后

你我平静地对视

你会惊奇地发现

在我身上那闪光的思维和意识

对待苦难，我沉默之后崛起

那悄然划过的流星

和那突然升腾的孤寂

还有那入骨的思念

让我在你的柔情之中沉沦

当我独坐时

静静品味你醉后的低语

那语言背后的故事
那躺在我怀中的真实
就这样
我们相拥而眠
一生一世

我知道
你对我的爱
如同阳光一样将我包裹
却又让我有着绝对的自由
当我离开你去千里之外
你都默默开车送我
我也为之沉默
回味我们相聚时说过的蜜语

我知道你所有的苦累
所以更珍惜你与我在一起时
那放松的滋味
我也愿意替你分担所有的重担
卸下你心中所有的疲惫
你可以沉醉在
我的柔情之中
自由地呼吸

我可以为你准备好一切
包括我的生命在内

以及我生命中所有的数字

这一切都可以由你支配
这就是我
你生活中那一抹清影

我们相爱是苦中有甜
笑中有泪
这种两厢别离的日子
使我们将相思尝尽

你的旧梦是否被霜雪冰封
我的尘梦是否被春雨解冻
你的爱是否被理智封闭
我的爱是否是你在暮色里
撞响的晨钟

爱人啊
我们没有理由
这样折磨自己
都说人生如梦
此刻温馨的夜晚
人生能有几重？
人生的无奈
就是必须让我们彼此伤害
而不是彼此珍爱吗？

不要在我面前说对不起

也不要在我心碎的时候

再将我安慰

不要错过天赐的良机

我只求我们再相见时

你放下手中的公务

早点回来陪在我身旁

听我低语

写下这首诗给你

是写出我的心绪

曾经的心绪

今日的心意

写出我对你炽灼的爱

以及痴醉的寻觅

让你在我的诗中

得到神明的启示

感谢你的亲人

是如此深明大义

知道我对你的痴爱

都在为你我祝福

我更感谢你的母亲

送给我如此优秀的男人

是你让我获得了

人生最美的情爱

啊!

我的情人

我的爱人

此生与你相识、相知、相爱

我将真心付与苍穹

足以把整个苍穹

染成有味的绯红

悠悠的怨

相爱而不相伴的爱侣

你我是两位相爱

而不相伴的爱侣

不能长相厮守

只能默默无语

毫无指望地深爱着对方

不能见面

只能用电话沟通

我曾在百忙中

去到千里之外

只为与你相会相拥

我曾用心读懂你特有的情感

将它存放在心间

细细地储藏起来

让它与我的灵魂如影随形

任思念的心情

在话筒之间传送

两颗心相互低语

长出鲜艳的红豆

我们共同托举起

哗剥燃烧的朝阳

我们不厌其烦地重复着

对对方衷心的祝福

一次次相见

一次次别离

在彼此的注视中

透着浓得化不开的情意

尽管相距咫尺

却不能相伴

就如同历经山河之后

发现人生值得

心上的人

照壁青灯，无限遐想

心上人的言谈、举止，

微笑、学识，无不令人心往神驰

那深情的拥吻，长夜的促膝密谈

不顾时移世易，斗转星移

只是痴痴地彼此守候

今生今世，永生永世

爱是令我心动的驱使

想你，贯穿你我分离之后的每刻每时

也许是由于当时的坚持

也许是因为当年太固执

错过山盟和海誓

也错过永恒在那非常时刻的奠基

噢，我心上的人

我在想你，想你

我知道你在那里

我也想抛却一切去寻你

在那个空间里

只有我和你

天地皆化为虚无

我要不顾一切地拥有你

拥有你的一切

拥有你每一个眼神和微笑

每一个悲伤和哭泣

拥有你全部的喜怒哀乐和悲欢离合

拥有你的一切一切

包括你的未来和今日

绝不负你

这一年是我的幸运年

也是值得我终生铭记的一年

这一年，由于与你相识

而光芒万丈

这一年，由于与你互为知己

从而感到

生命永恒的价值和意义

你是我的心灯

照亮我前行

在我的心中，你即伟岸

在我的心中，你即永恒

在我的心中，你永远光彩夺目

是我夜空中最亮的星

你的优秀无可争议

与你相伴

我会感到无边的快乐和生存的真实

我会以你为荣

与你相伴

我会在你无微不至的呵护中

知行合一

我会走出情感的误区

真正与你相依为命

即使处境艰难，即便屡遭不幸

我都会一生追随着你

心已决，决不负你

请相信

山可以作证，海可以作证

风也可以作证，人世间的一切

都可以作证，爱你

决不负你，今生今世

无言的朦胧

在而立之年

我却显出外表与实际的不和谐

沉醉于你的爱和温柔里

唇齿交会，抵死缠绵

在岁月的柔情里迷醉

将自己的情意

揉入晚风的吟唱

岁月终将让你我的情爱永恒

恰如昨天那几场潮湿的春梦

岁月推移无法减少些许的浪漫

一到春天就再度唤起内在的狂热

把不结果的花

隐藏起来

跋涉于漫漫长途

任凭世人臧否

掩饰不住忧郁的祝福

祝　福

友人
放下电话时
我心里有无边的欢愉
感谢你让我实现了自己的梦想

我不愿
消解我的寂寞
延长你的孤独
你说的话语

我感同身受

只是无奈
人生就是这样错综复杂
此刻
我不再奢求
只想你在百忙之中
记住我给你的
永久的祝福

永恒的梦幻

岁月总会给我
所应得到的一切
牵引我的依旧是一个
永恒的梦幻
你离我总是那么远
可你的笑容依稀
摸到了你的芙蓉面
梦散了
你的影子没有远

一样的梦重复了一遍又一遍
将一次又一次的失落重演
永恒的梦幻
重逢时的喜悦
以及分别时的惨淡
这样的梦永在上演
折磨了我好多夜晚

深　夜

朋友，当你熟睡时

也许你想不到　　　　　　　我独处时

每当此时　　　　　　　　　唯有你的心灵作伴

我独居的闺房里　　　　　　对你的思念化成诗行

只有一盏青灯陪伴着我　　　淙淙流淌

我的诗忧郁而缠绵　　　　　来自心房

写满对你的思念　　　　　　充满血管

激荡在这寂静的夜晚

独语（之一）

生活中原本不能放歌

只有无尽的忧伤　　　　　　如花的笑容绽在脸上

在那些失眠的日子里　　　　把欢乐留给友人

生命看似什么都有　　　　　把温馨留给儿子

只少欢笑　　　　　　　　　无论在何时

让我一次一次地　　　　　　都撑起一片明净的天空

独自咽下苦痛

独语（之二）

为何我如此疲惫
尝遍人生况味
我用忙碌麻醉自己
不去在意
小人的蜚语

即使没有人安慰
我依然实实在在做人
把所有的伤害
镌刻成美丽的花朵

独语（之三）

我沉醉在这醇酒与歌声之间伴随
熟悉而陌生的酒酿，流进了我的
血脉
将我的情意渗进爱与恨、恩与怨
这是蓄存了许久的梦
是一些形式与另一些形式之间的
话题
一个词与一组诗的神谕

最后一个被抛弃的人
是你还是我
还是我们之间
另一个悲凉的幻觉

噢，此刻
该调整心态的是我，还是你

这个名字让人终生铭记
这个事实让人铭心刻骨
这个希望让人用一生去诠释
这种理智让人蓬勃高蹈

可以这样理解，也可以这样沉醉
下去
望着这盏孤灯

谁都有自己动人的不幸

可又有多少不幸

会成为向上的动力呢?

那仅有百分之几

数量之低让人痛心不已

让人为之心悸

沉醉在那无边的暗夜

飞舞的春絮,一如狂乱的人心

你的举止像篝火旁狂放的火星

像梦境中你我相视的暗喜

此夜,独语在心畔

偏安在情感禁区的一隅

在这自问自答的过程

将是一种生命的彻悟

这一切的一切

都封存在心灵深处

记录在圣典的瞬间

记录在被激情碰撞的午夜

这是一种叛逆的姿势

而这种叛逆将造就我独特的性格

凝固在我的思维定式中

也许这将会成为我生命中唯一的

价值

生命存在的价值,

意识存在的价值,

情感存在的价值,

爱恋存在的价值。

让我再一次地告诉你

爱——这个名词兼动词

才是我们唯一维系情感的根据

记　忆

敲开瘦骨嶙峋的记忆

在碎石和瓦砾中寻觅

寻觅这如画境的废墟中的标本

呈现的雕像,则是一群饥寒交迫

的、被情感绑架的人

有我情人的影子和候鸟折断的

翅膀

一棵枯树和一座孤坟

有哑童的哭泣和盲童的眼泪

远处有炊烟在升腾
袅袅的炊烟在苦涩的心事里抖散
我最初的爱恋
在此孕育，也在这里泯灭
此刻在记忆复苏时又一次伤感
至极

今天，我为之心跳也心伤的情感
正是这份伤感让我流浪，去远方
流浪
从此也开始了我的事业
艰难的事业
事业的艰难，情感的艰难
这是命运的安排，我无奈也无憾
自此以后
我的心情有了一份属于我的地
和天
有了一份我可以自己可以支配的
时间
我该感谢离开了那阵伤心的炊烟
和那段苦涩的情感
此刻，我别无奢望

就是这样静静地想，款款地走自
己的路

我相信我自己的感觉
我也会按照我的感觉
去寻觅我情感的归宿
那决不是激情使然
指引我的是灵魂深处的灵犀
和命运的交织
我会认真地把握
把握这非常时刻的瞬间

这应该是很神奇的一笔
一笔只能书写在灵魂深处
最隐匿的禁区
留给自己，那梦境中的回忆
有时苦涩，有时甜蜜
也有时带着一丝悲壮的色彩和几
分戏谑的苦涩
也许，只有这样的记忆，才会永
恒在感觉的屏幕上
永远是一种心灵的慰藉

分别与相聚

今天的太阳走了

明天还会来

今天你走了

明天你还会来吗?

我无法断定，也不想预想

无法挽留你的脚步

就像无法让水倒流

像世人肆无忌惮的笑

像我满身的风尘与疲惫

太阳走了明天依然会升起

黑夜来临，今夜你会不会来

我想用我全部的爱来弥补我的

过失

来寻觅你的脚印和影子

今天，太阳走了

生命又向死亡迈进了一步

这让我感到悲伤

相信我不会站在夕阳里流泪

不会在夕阳里毁灭

更不会在夕阳里悔恨

一切都是命运

就像那日我们的分别

就像他日我们有缘的相聚

日　历

撕下一页日历，在岁月的长河里沉积

沉积成一个梦，如荒野上的沉积

岩般越积越重

渐渐地，把我们那苍凉的岁月和

挺直的身躯压弯

弯得像一座年久失修的拱桥

撕着很简单，可日子很苦也很难

很长也很短

内容不再新鲜　　　　　　　　差别的是外在，而不是内涵
总是重复着往日的内容　　　　那关于生活和爱情的实感

情　思

和你相遇是命中注定的缘分　　朋友无数
你那特有的魅力　　　　　　　却只对你情有独钟
让我死去的心有了一丝丝颤动　爱情让我自信
你给我灵魂次次的极致欢愉　　一颗心不再彷徨
让我漂泊的灵魂得到安定　　　对你的思念
不再是断线的风筝　　　　　　使我感受到情的力量
　　　　　　　　　　　　　　相思是幸是命
　　　　　　　　　　　　　　是甜是苦
心中的爱恋　　　　　　　　　谁人能说清
都是为你而潜滋暗长
浮生几度

情之力

昨晚的电话　　　　　　　　　寒星怜我孤单
没有如约响起　　　　　　　　冷月无奈西沉
听不到我内心渴盼的声音　　　身远情依旧
我心中黯然升起　　　　　　　相思缠心头
一丝凄楚的哀怨

　　　　　　　　　　　　　　我不敢希望永恒

不知命运怎样给予

忘不了你送我时的回眸
更难忘我们相爱时的美好

我害怕
你从我身边丢失
但生活必须让我们分离
都说相见时难别亦难

别后重逢更是难上加难
相思频传托鸿雁
纵然人不见，两心总相连

也许漫延的岁月
终将浓情冲淡
愿我永远是你情感的驿站
为爱尘满面
此情将更坚

短暂与永恒

我虽然无法接受
你我分别后
那亘古的孤独
但在黑夜的天空中
却缀满你闪亮的眼睛

不管阴云密布
还是雷电交加
你总是我心灵的月亮
我满足于短暂的欢愉
哪怕我不能触摸到永恒

曾这样

我实在无法摆脱
你那柔情的目光
它是那样惊涛拍岸

冲击我早已关闭的心扉

我多么想

041

成为一只自由的大雁
在你的蓝天里

用喙梳理着羽毛
悠悠地唱

如果你愿意

手机里传来你的声音
你每天都在祝福我
让我喜上眉梢
春风得意

于是
我享受着你的温存
让我的身心
阳光般自由

我有着畅快的生命
看晚风轻轻吹送
很轻
很柔
不由得想起你的真诚

我啊
如果你愿意
我将在你追随的目光里
做最好的自己
把我的江山连同我自己
全部呈现给你

一种情绪

曾经不经意
把你的微笑丢失
我追悔莫及

追寻生命仅有的珍藏
往昔的岁月已蹉跎
心中的愤懑去向谁说

拥有的请真心对待　　　　　　　不要等到一切追悔莫及

能拾取的不再抖落　　　　　　　再来空悲切

缘在今生

终于出现了奇迹　　　　　　　　每天摆弄着那些文字

命运将你送到我的眼前，来到我　精心穿成一串串诗行

的心里　　　　　　　　　　　　甜中的另一种感觉是苦的

相思虽苦，也有着玫瑰般的芬芳　苦中的另一种感觉是甜的

给你给他

他吻了你之后，潇洒离去　　　　你们都在逃避

而你从此变成了另外一个人　　　甚至逃避你们曾经引以为豪的

一个把生命随便乱丢的人　　　　东西

他哭，他笑

都是为了止住你心上的疼痛　　　被命运俘虏

　　　　　　　　　　　　　　　又当了各自的叛徒

当离别已成定局　　　　　　　　你们从情幻之中跳入红尘

彻夜的交谈　　　　　　　　　　任何理由也不能打动人心

彼此都无法用过多的言语　　　　也许，不同的人

短暂的欢笑之后　　　　　　　　会有不同的寻找方式

是无尽的悲苦　　　　　　　　　也只有，情幻红尘

那份感觉

结识之后

那份真情真爱

如同心中汹涌的潮水

顺水而流

宛如三首流畅和谐的小诗

心灵撞击的火花

灵感的突发

而那些快乐的谈话

从身边悄悄滑过

唯有思念、牵挂

伴我度过分分秒秒

相知还能再相约吗

心中爱的幼芽已萌发

零点一刻

零点一刻，电话响起

我的心事，如繁星

被你一句猜透

千里之外的山上

那郁郁的红豆是我吗？

为了感谢

你片刻的相亲

我让我的美好与骄傲

全部坠入你的湖底

我从不抱怨什么

也不悔恨什么

只求缘分

莫在来生纠缠

今生

我会泪流满面地从水中站起

把你当作我今生爱的唯一

幽梦（之一）

那一抹消散的残霞
曾染红痴情一片
洒满笑声的溪流
你说像极了我的酒窝
流云在水底幻游

似在做多情的春梦
喃喃自语
没有人能够听懂
难得的片刻欢愉
又恐被清风吹散

幽梦（之二）

很远处，突然地伸来
一只手，夹带着亮光和微尘
发亮的微尘仿佛与书架上的照片
交谈
并且发出阵阵嬉笑声

手又突然地翻过，将书架扯倒
然后，就怔怔地站在一旁发笑
为什么我颠覆了整个世界
却依旧无法摆正那一抹清影

幽梦（之三）

夜，我借一方情感
走进梦境，这里有很多的奇闻和
奇迹、奇谈和奇事
像火焰

只可以在血脉里
燃烧的火焰
将灵魂燃烧殆尽之后
你我枯坐，相对无言

就这样守着自己的梦
和梦中那值得
骄傲的方程
从一个词开始，来抚慰你的姓名
我以一次生命的哗变
来证明我对你的忠诚

呵，这并不简单
并不是所有人，都可以演示和
证明
并不是所有人，都有资格证明
当然，你可以
你可以自由地走进我的梦
走进我的灵魂深处坐地
也可以来到我生命的一个支点来
分享
我的幸福和微笑
我可以给你写一首诗
一首描摹我心灵秘密的诗
给你，仅给你一个
相信你也会有一种感觉
与我一致，一致的悲哀与欢喜

或许，可以改变一次，让我抵达
你的情感禁区
探究你一生苦苦的寻觅

回首时竟发现，近在眼前的你
竟是我生命的知己，爱恋的知己
你是我可以实现
另一番价值的动力
我甚至惊奇地发现，生命中与你
相伴，那就是成功的序曲
成功的辉煌和成功的奇迹
也许，这么多年的苦苦求索
等待的就是你
就是你，我生命的依托和延续
抑或是伊始

这个月夜很神秘，像炼狱，像
终极，
像阵痛，像音符，奏鸣在彼此的
心壁
大树可以作证，岩石可以作证
天上的白云可以作证，天空飞翔
的青鸟可以作证
证明我的爱，我的情，为了你
我可以奉献终生，我可以永远地
追随，永远地伴你
这无须什么形式和内容
更无须什么序列和过程
只要心还在让我感慨，让我感怀
激烈

噢，回到梦里很幸福，可走出梦
境该会是怎样呢?
天晓得，我宁愿在梦中永远不醒

这样就可以保持那段永恒，永恒
的爱，永恒的情。

忘　却

你在伤心我们的过去
说一声对不起
实在太轻飘飘
何况日子本身已经那么无奈

哪怕你我的痛苦
终日纠缠不清
我们也应让对方知晓我们各自的
真诚

别再责怪谁对谁错
时间还有，日子还长
哪怕你我的命运
注定我们只能各自流浪
你我也应给对方一个希望

无需再海誓山盟
哪怕再困难重重
昨天的脚步已经走远
明天还有更长的路
愿我们把各自的真诚收留

寂　寞

寂寞是灵魂的失落
人生的坐标中
找不到自己的立足点

有时拥有
有时失落

此时方信人生去日苦多

我不再抱怨失去得太多

寂寞让我深沉
也让我学会在寂寞中思索
落雨的季节

幸福让你拥有生命的一切欢悦
而我则在岁月的花影里，独自忍
受寂寞

感　悟

上个世纪做的事

这个世纪想一想

什么是是与非，对与错？

仔细品味

失落在心底无声处蔓延

方悟出自己太傻

因此感慨万千

对文学的痴迷

文学也是人学

让我觑不破你面具的虚假

唯有懂得这一点

这世上，不是所有的心灵都无瑕

对待社会

你处心积虑的欺骗

对待人生

成功地让我一无所有

才会有更坚定的信念

也　许

也许我们不应该相爱
也许是我不应该爱你至深
无所适从的我

的确感到十分迷茫
或许不应该
让你陪我太久

但是相思无法控制

当我孤独时
常在深夜想起你
本已飘飞的思绪信马由缰
很多往事都随着岁月的风烟
渐渐遗忘
但你给我的次次祝福
回回关爱
鲜明如初

我记得我们相拥时的情景
让我感觉如在天堂
挥之不去的是我们的时光
也许这就是缘

带着无法拥有你的无奈

独自流浪到千里之外
也许是为了给自己的事业
寻找一个完整的答案

你虽在千里之外
电话仍在追踪着我
也许你也是为了给我一点回忆
营造如梦的情境

想起你我相遇时的感觉
两心相契的默契
也许是天意
也许是源自那份特殊的情感
你我共同跋涉在爱的征途
无论在白天或是深夜
我们都在破解难题

今夜想你

只有今夜，我才有勇气想你
我才能真正去面对现实

这是我的悲哀，如果我能认真地
反省自己，就不会错失时机

聚散本是寻常
可这次的分离我却不知是否还能
再聚
伫立的相思无时无刻不在将我
煎熬

谁能解我心域之谜
那盘桓在心底的哭泣
谁能给我解释，这隐藏在心灵深
处的秘密

心苦相较于生活的苦更可怕
心疼与其他疼痛相比也更难医
我是二者兼具
何人何时来慰我的心域

想你念你，问君知否
要说心有灵犀
为什么我想你的时候
你都做了那爱情的逃兵？

噢，今夜想你，真真地想你
忍不住拨打那个谙熟于心的数字
拨了几次，却都拨错
是手颤，还是心乱

黑　夜

心中的那团火，终被人的唾沫
浇灭
这是悲哀，心的悲哀
可我的心却依然燃烧着
那束文明之光，那团希望之火
试图在飓风中点亮火种，
驱走黑暗，可身边却无一根火柴

你在哭时，别人在笑
可你笑了，别人却憎恨得咬牙
切齿
这哭与笑的辩证叠成了一个怪

影，一个怪圈

你在圈内，他在圈外
昨天错了，今天亦错了
可昨天的错与今天的错
如出一辙的被扭曲过
那么，明天也会错吗？天晓得！

黑夜是你和他的明天，而明天你
与他还需拥有
什么
他不愿看到这一切的发生

你不想接受这一切的现实
那么

再返回黑夜吧，那儿有成叠的怪
影和怪圈

雨夜（之一）

淅淅沥沥的雨
为我送来这迷迷蒙蒙的夜
聆听着细雨
我的心情也变得更加潮湿
望着窗外迷离的灯火

我的泪眼越发朦胧
疲惫的心啊
在寻觅着
那能够暂时停靠的小站

雨夜（之二）

雨天的远行
又赶上这迷蒙的雨夜
寂静的街道上
只有雨声的喧哗

聆听着雨
心情更加忧郁

望着窗外
已经分不清
外面飘落的
是泪还是雨
微雨丝丝
是你的泪吗？

归

漂泊半生的心
已是疲惫至极
日记留下的愁绪
都付给往昔
抛却沉重的肉身
心早已飞向爱人

身体还在列车上
那么多亲人的挽留
怎能挽留住
那颗似箭的归心？

在心中
浮生的欢悦
都抵不过对他的思念
这份真情至爱
跨越了两个世纪

我要去开垦
心灵中的荒芜
用心把爱的种子播撒
让它在清风朗月里发芽
开出自由的花

缘　分

斑驳的日子，焦灼着我的心
蹉跎的岁月，屠戮着我的灵魂
那渴望深处的遗恨
在血脉和情脉之间逐渐枯萎
自始至终，沿着生命的幽径
错综复杂

这是多情的雨季，你许下郑重的
承诺
却又在我的诘问下沉默不言
我想挽留那踏歌而来
又随风飘去的誓言
一如我想知晓，你如此这般
是报复我还是惩罚你自己

我告诉你，这本该是不可言传的
秘密
此刻，我再也无法自持
我的梦中不能没有你
你已经根植于我的情脉之中，并
与我的生命交织
完成了情爱最原始的方程，最根
本的序列
噢，我渴望着你的目光
你的温暖，你的笑靥
你的爱抚，你的理解和支持

是你叩开了我封闭很久的心扉
是你唤醒了我心灵深处
濒临死亡的灵魂
让我的生命开始复苏
尝试着慢慢走出冬季

那冰封的感情禁区开始破冰
你将我对新生活的渴望唤醒
是你让我感觉到了人间有真情

可是，生活为何总是如此偏激
这样善于将我捉弄
原本正常的命题被恶意曲解
原本正常的意识将被当成异端

进行流放

一切都变得破碎和支离
变得模糊不清

情谊已非往昔
又有谁能够细细地分析
证明这是对是错

记忆仿佛凝固
可那暗恋的心动和渴望
让我心焦，让我心躁
却无计可施
这是情感幻灭
天崩地裂之时

你应该看得出我对你的崇拜和
狂热
我自己都感到这份热烈
狂热得让我措手不及

我的心里毫不设防
你就突然地闯进了我的心扉
闯进了我的梦里，闯进了我的
生活
都是因为你的出现

我牢固的情感堤坝开始崩溃

轰然间，我再也抵御不住你那情
感的袭击
只是瞬间，我那曾经高傲的血脉
就溶化在你
热血澎湃的波涛里，被你的情感
所感染
心甘情愿地醉痴在
你那旷达而博学的情海里

这一切皆是缘分
只是那次偶然的交谈，见面时怔
怔的对视
片刻间就奠基了
今生今世的相恋相随，相爱相依
我的心属于你，我的爱属于你
我的生命属于你

简单的回眸，就足够让我心颤
不已
我需要你的帮助，仅仅是精神而
不是物质

我需要你的爱，仅仅是爱情而不
是承诺的句式
噢，你懂得了吗?
懂得了我这颗心和我这心灵深处
的秘密
我相信缘分，这是命运
谁也不能更改
谁也不能违背
可我还相信那一份努力和耕耘
我知道，生活有时很偏心
但天下绝无只苦不甜的人生
我相信我这份努力会成功
相信这一天，不会太久
也许，是明日
也许，是后日
也许就是此时此刻
我等待命运的裁决
像天鹅伸着优美的脖颈
喉咙里塞满了即将破喉而出的
美妙歌谣
等待这一非常时刻的莅临

这是等待

今夜，为你写诗

写我的思念和心愿

写我心中那份

孤独的苦涩和煎熬的企盼

这是等待，心的等待

等待你的到来。

今夜，我坐在柔和的烛光下，静

静地审视着

我的灵魂

以一个陌生人的身份去窥探

灵魂深处蓄存的到底是怎样的

思维

如何去支配意识完成那程序中的

定式

铺展开此情与彼感中的神奇

画卷。

那灵魂的物语

也许，早该醒悟

早该走出一条属于自己的路。

可我忘不了那神秘的一幕

那被情感点燃的圣火

我不能看生命之火

为爱情的消逝而消沉

这是为痴恋而忧伤

这是为渴望而忧伤

在那困惑的时光里

相思是一叶轻舟，在情的河流中

飘逝

飘在梦中成为音符

飘在现实成为钥匙

给你开启我的心灵

构筑我这特别感觉中的绮恋与

绮思

让渴望穿越意念

与宁静对峙

与战栗对峙

与孤寂对峙

与沉思对峙

与哭泣对峙

与呓语对峙

与山峰对峙

与泉水对峙

与黑夜对峙

与寒冷对峙

与疯狂对峙

与沸腾对峙

与燃烧对峙

与困惑对峙

与生命中的另一种符号对峙

让情感在沉默中得到感悟

得到几分真实

而此刻的等待，已经嬗变成另一种解释

晚霞可以作证，夜雨可以作证

倾听夜雨，焦虑的心绪逐渐变得平静

平静地分析别人，也平静地分析自己

这就是仅仅为你而设置的程序

也只有你才有资格、有能力来破解其中的秘密

相信

这一天的到来

必将是生命的伊始

我渴望这天的到来

这是一个情感的模式

我很欣赏，并且为之努力

努力完成每一个步骤的一招一式

这是一种等待

而等待却孕育着人世间最大的生机

心灵独白

生存，我钟爱的方式

生活把我打入低谷
庆幸我还有书可读
没什么功利目的
只相信读书有益

读着读着
背叛、侮辱，种种伤害

都化作青烟
淡了，远了

读着读着
我终于嗅到了梅花的馨香
那一刻，我知道
自己的世界回来了

熬　着

很喜欢杨绛先生那本书——
《走到人生边上》
她说在这人世间
人生一世实在是够苦的
但杨绛先生在另一本书中坦然道：
"这种滋味值得品尝，
因为忧患孕育智慧。"
杨绛先生熬着
把自己熬成智者

很喜欢法国作家波伏娃

她笔下有一段经典对话——
您真爱生活？
是的，我爱生活。
您从不曾有过痛苦？
有过几次，但痛苦本身也是
生活。
波伏娃女士熬着
把自己熬成英杰

每个人都会有失意落寞
都会有坎坷艰辛

处此境遇
我们唯有熬着
荷兰阿姆斯特丹有一座古寺院
院中碑上刻着一句警语——

既已成为事实，只能如此。
既然无可逆转
那就让我们像杨绛、波伏娃一样
把生活的苦，酿成酒、化作诗吧

感恩的心

让我们感恩吧
感恩生命
感恩自然
感恩曾经的过往
感恩期待的未来

我们要感恩帮助

让我们感到温暖
也要感恩欺骗
让我们认识真相
常怀一颗感恩之心
人间万物皆美好
常怀一颗感恩之心
幸福便会常相伴

自　愈

遇到悲哀的事少流泪
就让它干涸在风里
经历难熬痛苦岁月时
要给人阳光的形象
靠独撑的那份坚韧
学会自愈

没有在长夜痛哭过的人
不足以谈人生
经历了苦难与隐忍
才会悟到生活的奥秘

人前的笑容是阳光

独自流落的是珍珠

面对痛苦坚强地熬着

就是在给自己的人生摆渡

人生就像日历

珍惜每一个当下

不念过往，不惧未来

过去的不快要学会放下

未来的希望要把握

放过别人不苛责

放过自己不菲薄

坚　　强

面对伤害

让自己坚强地活着

即使有说不尽的委屈苦涩

也要慢慢学会释怀

去书写，去表达

去借助文字的力量

文字可以静听我的心跳

理解我情感的波动

以文字为知音

可以让自己变得强大

变得无所畏惧

珍惜自己

无论有多少伤害背叛

都要好好地爱自己

用心疼自己

不愧对自己的亲人挚友

不必在乎别人的评议

坚持走自己的路

做最好的自己

身体累了就休息

心累了就看看风景

难过时就读读书
让情感有所寄托

人生独行
也要走好自己的路

放下过往
不辜负自己
用热爱的方式生活
把余生过得轻松愉快

转 弯

婚姻不是全部
面对背叛
不要沉湎在痛里
学会转弯
便实现了救赎

人生的路很长
转过弯

抬起头
同样也是风景

罗翔说人生的剧本
都由自己选定
转过弯
就走过了泥泞

善待余生

经历人生种种
苦痛自知
不做时间的奴隶
掬一捧清水在手

找到阳光下的亮
把心灵放进去
把性情放进去
让一种生命的新

陪伴余生的日子

珍惜缘分
不论是过客还是知音
欣赏每一次驻足

也欣赏每一段攀登
在繁华中涅槃

让余生回归质朴
拒绝眼底的迷茫
养护胸中的丘壑

稳定心态

安顿好心态
方可以行至水穷处
坐看云起时
安顿好心态
方可以时时笃定
事事坦然

遇坎坷不颓废
遇困苦不消极
遇险阻不悲观

勇往直前
就没有到不了的彼岸

天贵有太阳
地贵有粮仓
人贵有好友
身贵有健康

愿秉持良好心态
经历一场场淬炼

仰仗自我

时光流到中年
即使无枝可依

孤立无援
也要处之泰然

有名人说过：

任谁

都想依赖强者

但真正可以依靠的

唯有自己

把自己当贵人

将命运把握在自己手里

依靠自己

坚持学习

智慧的屏障

就会给自己

遮风挡雨

人生的路

靠自己一步一步去走

真正能保护你的

是你自己的人生选择

这个世界上

没有人真正可以

对另一个人的伤痛

感同身受

你万箭穿心

你痛不欲生

也仅仅是你一个人的事

世事无常

沉淀自己

练就坚强

快乐的生活

便会迎面而来

风景和人生

心情勾连起岁月

风景凝固成人生

漫漫风尘的人世

时光走远了

记忆仍留停

与之有关的一切

都将被封存

只保留最柔软的笑意

和最深情的面孔

悲欢离合

徒留不解和无奈

世态炎凉
唯有祈祷
让我边走边看边爱恋

我愿对人对事对万物
都怀抱理解的心情
我愿在痛苦和眼泪中
学会谅解和宽容
我感激那些善良的人
如月光，如微风
照亮我孤独的生命
温柔了路上的时光

在得与失并存的生活中
我终将勇敢接受

命里固有的深情
被流水般的时间模糊
它带走了我的父母
让世上很多爱抚

都随雨打风吹飘零

我知晓，终有一日
我的生命也将归于尘土
我坦然接受这轮回的生命
如春水渐歇，秋林泛黄
只希望孩子们
心灵变得更强大
人生过得更智慧

从容度过生命的四季
看阳光，听风雨
看花开叶落
风云变幻
相遇分离都是必然
人生如一场大梦
唯有当下值得珍惜
那远去的都是过往风景
唯有真情值得追求
相互愉悦，温暖在心中

身后的灵魂

红尘阡陌，人潮汹涌
生活的脚步太快
以至于灵魂被落在了身后

心若蒙尘
人生将如行尸走肉
徒留空虚的精神
最终迷失自我
心若无处栖
就会随波逐流

心是智慧灵芽

内心平稳安定
才能一身轻松
灵魂才会洁白轻盈

人生路上，且行且珍惜
停下来，闻一闻玫瑰
等一等，身后的灵魂
灭却心头火
擦亮心中灯
穿透人世的雾霭
让我们笑着前行

好好爱自己

过去的一年里
你将真心错付
想要让他为自己雪洗屈辱
等来的却是他的变本加厉
将你伤得更加彻底
哲人说过

一个女人的骨架子
哪禁得起这样一扔

经过一年的等待
如今你该明白
光阴易逝，人生苦短

要爱孩子，更要好好爱自己

不必纠结过往种种

不必再沉溺于人生苦痛

新的一年

新的开始

微笑着向前

曾经的痛苦

已经成为过去

走过人生的险滩

前途是一马平川

人要懂得呵护自己

把灵魂想象成馥郁的花园

保护它不被侵害

心灵之花便常开不败

及时清除园里杂草

莫让病毒悄悄侵袭

好好爱自己

往事随风过

万事不挂牵

无边伤痛化云烟

再浓的忧愁也消散

人要学会好好爱自己

拥有好的心态和身体

拥有馥郁的灵魂

容颜是心灵的一面镜子

心无挂碍

才能容颜清明

生命珍贵，不能浪费

活就活得有滋有味

时光匆匆忙忙

余生并不太长

不可一味等待

以为来日方长

新的一年要爱孩子

更要爱自己

祝愿孩子双眸清澈

灵魂闪亮

唯愿自己健康、平安、快乐

爱自己，欣赏自己

拥有让自己变好的能力

妥善安放自己的身心

人生才会快乐安然

生命才会温暖真挚

爱自己，灵魂充满愉悦

是对生命最好的感恩

拥有健康的身体

才能更好地享受生命中的一切

爱家人最好的方式

是经营好自己的灵魂和人生

在心灵与灵魂日益丰盈的同时

生命的内涵也得以无限延展

日记（一）

凡尘俗世，婆娑万千

心爱的日记

唯有你，是我心灵的挚友

你知道我所有的贪痴愁苦

让我所有不能为他人

倾诉的衷肠

都在你这里一泻千里

你是我抛却内心重负的港口

人前强颜欢笑

只有在无人时

才敢用笔，在你身体上

恣意涂鸦

你是我青春情感的收容所

你为我献出了洁白

在我的狂放之下，伤痕累累

却又咬紧牙关默默无言

我感激你的隐忍

更爱你对我无尽的宽容

你是世上最好的聆听者

你竭尽全力给我全部的安慰

你熨平我紧锁的眉头

擦去我内心的忧伤

告诉我在你面前

我可以尽情绽放

但慈悲如你

又告诉我不要悲伤

不忍见我的泪水肆意流淌

黑暗中你为我推开一扇窗

并在我窗前为我将心灯点亮

你驱走我心灵的阴影
为我牵来了一个黎明

我的痛楚与血泪被凝成诗行
赋予我全新的诗意生命

日记（二）

翻开昨天
飘逝的满天朝霞
如梦似烟
是我无尽的情思绵绵

当天边的斜阳
收起最后一抹余晖
树荫被渐渐拉长
昏暗的路灯

浓缩的昨天，如昔日重现
我们携手共赏日出
待红日喷薄
你怜惜地牵着我的手
走进沁人的阴凉

把我和你的身影放大又缩小
灯光，树影
淡了，又淡了
一切都将会幻灭
一切都将是匆匆

相思的枫叶

一切都如过眼云烟
唯有感情亘古流传
一份真挚的感情
需要两个人双向奔赴

需要两颗心彼此回应

如果一段感情迟迟得不到回应
学会从感情中体面退出

对感情已言放弃的人

不要再去纠缠不清

不要刻意讨好他人

也不要冷却任何一份热情

当他的热情突然冷却

你要学会及时止损转身离去

看清你在他心中的位置

不必一味自作多情

余生不长，自我最珍贵

不要辜负自己的人生

任何时候

别低估自己

别高估人性

保持一份独立的尊严

不必卑微地讨好所有人

不要因为女人生来感性

就错付了一颗真心

女人花摇曳在红尘中

总是天真多情

但世上多情总被无情伤

所以，做人应多一点清高自许

少一点自作多情

不要虚掷任何一点真心

女人的热情

经不起一点点冰冷

当真心换来的是敷衍甚或欺骗

就让一切随风

当他忙着回复别人

却对你的殷勤视而不见

你就该转身离开

留给他一个潇洒的背影

无须自我欺骗，而是面对现实

现实残酷，却是一剂清凉散

不要再为了不值得的人

流淌下珍贵的泪滴

不是所有人

都配得上你的缱绻深情

从狼藉的感情中体面退出

才能拥抱真正的爱情

你无法唤回一个不爱你的人

正如你不能把一个装睡的人叫醒

离开不爱你的人

是对自己的救赎

困在他的世界里

你的人生只有一地鸡毛

离开不珍惜你的人

你才能得到上天赐予的

整个世界

浮世清欢，终不过是两两相望

人生有无数相逢

有的在心底生根

有的则被轻轻遗忘

很多感觉无法诠释

一如我不知

你我的缘深缘浅

又是从何开始

梦境成了回不去的原乡

纵使我穷尽余生

亦难换取如水的过往

走过红尘陌上

品过浮生清欢

才知晓人生无非戏梦一场

不是支付了一生的时光

就能拥有中意的地久天长

人生自古有情痴

所以才愿意燃烧自己，交付自己

人生又充满了无情和薄凉

到底是错付了

所得事与愿违

千帆过尽

依然是戏梦成空

若无法停止冷战

就只能后会无期

纵然万般苍凉与酸楚

也只能转身离去

再不回头

不困于心

送走 2022 的时光

迎来 2023 的骄阳

辞旧迎新的时刻

把不珍惜你的人

和无法挽回的时光

一起留在过往

不要再纠缠和不舍

让往事随风

让思念清零

只有扫净心灵的玉宇

才能拥有未来的晴空

凡事顺其自然

放下即是一种获得

不再给他伤你的机会

让转身成为彼此的救赎

珍惜所有的遇见

挥别命定的离别

余生选择让自己尽情绽放

绽放出生命所有的华光

乐 观

马斯克说

"生而为人，你必须乐观

因为悲观没有用"

亚历山大·蒲柏写道

"以前，我是一朵小花

现在，我告诉你们

我也可以怒放"

一位心理学家说

人生是好是坏

并不由命运来决定

而是由你的信念和处世态度来
决定

让自己乐观

相信自己的价值和未来

就可以逆光前行，积极向上

在心里栽花

人生就会终年如春

诗人雪莱说

"乐观本身并不能解决问题

只是它有时能决定你会积极应对

还是原地崩溃"

乐观能让人迸发活力

也可以让人过得丰富多彩

让我们相信自己

遇事往好处想

对未来充满希望

用乐观的心态去面对一切

夕　阳

夕阳是花，是酒

是爱意，是浓情

从青年到中年

再到暮年

夕阳灌注着珍惜

灌注着快乐

时光如流水

生命在忙碌中兜转

春夏秋冬的美

滋润我们的心灵

夕阳有经历所有的厚重

不纠结于过往

不戚戚于当下

让我们在夕阳的抚慰中

快乐地生活吧

安静从容

安静可以让人远离烦恼喧嚣

觅得清欢和自在、智慧和学问

安静可以让人摒弃浮华

让心变得从容

让我们怀抱初心

活出安静和从容吧

再多磨砺坎坷

都能泰然处之

心越静越从容

越可以品味生活的美好

捡拾到诗意清欢

给心灵以安静

可以丰盈内心

可以收获坚强

让我们摒弃焦虑

消除积怨

打造一处清净世界

让人生过得更从容、更自在吧

生　活

生活如饮水
冷暖自知
不用在意别人的评价
把自己当作大海中一滴水
沙滩上一粒沙

按自己认为适合的方式生活就好
生活就是取悦自己的过程

庄子说
"举世而誉之而不加劝
举世而非之而不加沮"
不跟任何人比
尽全力绽放自己就好
尊重自己内心的声音
就会活出自己生命的精彩

时　光

时光中有温暖希望
也有忧伤和沧桑
时光是一本厚重的书
值得我用一生品读

时光悠长
我的痛苦不过是沧海一粟
生命很短

我感激邂逅和拥有
一切的相聚是缘
一切的分开也是缘

美丽的风景不在路上
一切看开后
最好的风景在我心里

摆渡自己

三毛说"只有真诚与热爱
是我永不放弃的品质"
学会减压
做自己心灵的主人
面对不顺学会控制情绪
学会放松自己

善待时光
善待自己
你若盛开
蝴蝶自来

经营好自己的生活
美好就会如约而至

快乐、忧郁都是一天
凡事要把心放宽
适时放下
多几分淡定和从容
拥有一个健康的心态
与生活温柔相待
让生命的轻舟
驶向欢快的海洋

余生不慌

安妮宝贝说过
幸福始终充满着缺陷
想到这里
余生不必纠结遗憾

坚持自己的爱好
干自己喜欢的事情

活着就是幸福
健康快乐就好

一位富翁曾透露
"我一直让自己的收入
来满足自己的需要
而许多人是调整自己的需要

来适应自己的收入"

钱不是万能的

够用就好

贺兰进明曾说

"人生结交在终始

莫为升沉中路分"

朋友能真诚相伴

珍惜就好

一 生

席慕蓉说

"每一朵花

只能开一次

只能享受一个季节的热烈的

或者温柔的生命"

人生也无法重来

过往都是云烟

好好珍爱自己

就会不留遗憾

人生是一场修行

昔日皆为序章

珍惜安享当下

旅途遍布鲜花

不需要刻意去迁就

也不需要委屈去攀附

用喜欢的方式生活

谱写甜蜜的欢歌

不透支

一生值得忙碌的事很多

用透支时间换来的闲

总有一天

要变成生活的苦

真正厉害的人
应像《主持人大赛》里孔皓说的
"匠心
就是在重复的岁月里
对得起每一寸光阴"

年过半百的我们
不再折腾
爱惜身体
就是富有

岁数大了
不透支做人的底线
有所为而有所不为

就是不辜负自己

真心待友
不透之信任
和谁在一起舒服
就相伴余生
和谁在一起踏实
就携手共度

接纳自己的不足
努力改变生活
过简单的日子
做快乐的自己

天命之年（一）

在不经意间
时光陪我走到年过半百
从青涩到成熟
仿佛弹指一挥间

经受了时光的磨炼
经受了岁月的考验

我知道了世事难料
知道了世态炎凉
少了激情和冲动
更注重灵魂的相依和谐
也学会了随遇而安

我懂得了坚守灵魂

懂得了心之所向

让我余生独守情操

坚守优雅的高地

我不会随俗沉浮

磨难让我学会了自我疗愈

不再祈求有枝可依

自己才是拯救自己的贵人

光阴可以让我苍老

却给我智慧与淡定

经受岁月的磨炼

余生才会更精彩

天命之年（二）

光阴是河

不管你如何不舍

它都会悄然流逝

一去不回

人人都是过客

步入50岁后

更爱夕阳

心态也依然年轻

总觉得要干的事还有很多很多

在变老的路上

仍对余生充满希望

自信笃行

无问东西

即使孤独

也要让灵魂

舞出精彩的自己

洞　见

聚散得失都是常态

看淡才可以让自己轻松

经营好本心

就可以境随心转

用积极的心态

可以走出低谷

转变念头

就会有好心情

随心随缘

做到尽力就好

学会在失去中珍惜拥有

在痛苦保持中乐观

就能在遭逢背叛后

成就自我

祥　和

心宁则智生

智生则事成

把情绪管理好

就是管理好自己的内心了

做情绪的主人

是成全自己最好的方式

拒绝负面情绪

安然过一生

少生气

难过时多读书

用别人的励志经历

摆渡自己

平安就好

山有山的高度

小山不必和高峰比

水有水的深度

小溪无须和海洋比

人有人的日子

高兴就好

世间没有同样的人

认为值得的就珍惜

不能为别人而活

决定命运的是自己

人生不必过于计较

健康快乐就好

和谐理解就好

待友真诚就好

人生平安就好

有趣的灵魂

有趣的灵魂熠熠生辉

有趣的人百折不回

灵魂有趣的人

才配得上这世间的一切美好

人生无论苦累

灵魂都一定要有趣

做有趣的人，干有趣的事

与有趣的人在一起

贾平凹说过

"人可以无知，但不可以无趣"

让有趣像阳光普照

好看的皮囊千篇一律

有趣的灵魂万里挑一

让自己拥有孩童般的好奇心

生活有梦想才能崭新

要保持童心满怀赤诚

做温柔善良的人
让爱心长存

让自己变得有趣
也是红尘修行，返璞归真

丁香梦

没有多少人
还记得哪本书里
夹着他们年少时节的一段梦

也许是一封信
也许是一张泛黄了的照片
也许是一方压平了的老船票
也有可能是一枝花

信里，那个向之吐露
最初心意的人会是谁呢？
那张照片里
有着我怎样魂牵梦绕
一生挂怀的地方呢！

那张老船票
来来回回送了我
一程又一程
直到我一转身，已到中年
今夜，翻开一本

经久未读的老书
书里，夹着一枝紫丁香
终是忆起
我收到过他乡人的信

那寄信人，即是我的理想所在
一张老船票载着我
和我对人生的所有想象
我坐在船头翻了翻
你送我的这本书
里面夹着，如梦一样
圣洁的丁香花

而今，我合上了这本书
闭目沉思
我仿佛又闻见了什么香味

哦，它不是玉兰，不是海棠
是门前飘零一地
一地的紫丁香

灯火里的家国

在这个微风轻拂的春日
我以豳风起兴
将诗歌引入《诗经》的源流
我以深沉的思索
来凝望脚下
这片生于斯长于斯的土地
谁说杏花春雨只属于江南
它也属于淮河以北的这片土地
我是这片土地上
诞生的一双眼睛
诗歌里裹挟着《诗经》的远古

芬芳

或许，只有灵魂兼顾南北的人
才能以一颗诗心
去抚平大地的褶皱
在这个草木悦然归家的时刻里
看鸟雀呼晴
神情恍若失散多年的家人
此刻，穹庐之下
醉了浩瀚星河
也醉了灯火家国

懂你，缘

红尘中人山人海
相识满天下，真心有几人
红尘中，诱惑太多
很多人都是既淡漠虚伪
又一往情深

我们穿行于这个

纷纷扰扰的宇宙
太多人的心已经蒙尘
甚至连自己的心也无法辨认

要保持灵魂的清明
就要有一颗绿意葱茏的心
静守岁月，静待花开

安静地等一颗懂你的心
走过流年匆匆
才发现懂得的难能可贵

懂，不是一种语言
不是举止的亲密
不是单方面的给予
而是心有灵犀
彼此灵魂间的吸引和安慰

陌陌红尘中如果有一人
懂你的欲言又止
懂你的深夜哭泣
懂你肩上的重担
懂你的选择与孤独
那你真的很幸运

懂是生命最美的缘分
世间所有的风花雪月
都不及它的万分之一
它不是一个汉字
而是一颗真心
懂是在你疲惫时
那一声轻轻的"我懂你"
懂是在你落寞时
那一声坚定的"我懂你"

它比"我想你"更缠绵
比"我爱你"更勇敢

三毛说过：
有时候，我多么希望
能有一双睿智的眼睛
能够看穿我
能够明白了解我的一切
包括所有的斑斓和荒芜

山懂得水的缠绵
云懂得风的洒脱
雨懂得花的娇艳
月懂得雪的婉约

懂你的人可遇而不可求
凡是被人真心对待过的人
才能够切身体会

人生浮沉，得遇一人懂你
何其幸运！愿我们的灵魂
都不会无枝可依
疲惫时，有人懂你的心酸
风起时，有人懂你的冷暖
累了有一个拥抱
足以让灵魂停靠

痛了有一句懂得　　　足以让心灵舒展

人生（一）

我常常感念这样一个画面：　　　化作汹涌无边的力量

幽暗的荆棘深处，一只受伤的鹰　生活的墙壁，会为我

在轻啄着伤口　　　　让出门径

——而我的生活

有时也是这般　　　　太阳总会在明天升起

　　　　　　　　　只要拥有信念

但我从不抱怨，总把创伤　　　前行的道路就会充满光明

当作一种考验　　　　让心情在潮起潮落中放歌

热情和勇气在考验面前　　　人生便拥抱了无边的快乐

人生（二）

我的人生倔强如野草　　　却在你没及时回我信息时

却不似夏花绚烂　　　　情绪失控

四季轮回中　　　　　明知道你在工作

往事如梦　　　　　　却任由思绪信马由缰

蓦然回首万事空　　　　导致你我一次次不欢而散

　　　　　　　　　如是再三

以为自己足够豁达　　　我终于明白

人生不可事事求全

珍惜所有

才能让情比金坚

放弃对圆满的执念

才能更好地呵护另一半

让自己变得豁达

找到生命最初的方向

唯有如此，才能从苦海中

咀嚼出那一丝甘甜

人生最重要的

是心灵的沉静和安宁

风起时，笑看落花

风停时，淡看天边

懂得放下，生命才日趋完美

前半生已别无所求

后半生拥有灵魂之爱

便已足够

心灵的秩序

过去了的

且勇敢地让它烟消云散

也唯有如此

才能与一个更好的自己

蓦然相逢

欣赏自己内心的秩序

以湛然的心境

去做新的自己

攀登和逾越

去成就超出预期的自己

让每一个黎明的到来

都是那么从容和笃定

轻舟过江

扬帆远航

我始终相信

心情，留给懂你的人

感情，留给爱你的人

不是所有的人

都能洞察到你的心意

不是所有的人

都能领会拈花微笑的奥义

一个优秀的人
即使面对种种不堪
也会找到
与这个世界衔接的端口
而无论遭逢怎样的不堪
也会有人，慧眼识珠
待你至诚至贵

生命的价值
在于自己接纳自己
人生的意义
在于睿智进取
人生确是这样
选择什么样的路径
就会遇到什么样的风景
没有对错之分
没有高下之分
只有对于未知的挑战和征服

学会放下不悦

学会停止卑微
且以从容为新的起点
我始终相信
唯有从容
才能赢得最终的好运

人生就是一场修行
修的就是一颗心
心柔顺了
一切就会圆融而祥和
心清静了
必然境随心转
无畏于活成的模样
不屑于推卸责任给旁人
喜怒哀乐
都是通往缘分的那座桥
心宽了，桥就宽了
心顺了，日子就顺了
而平静
将给予我们最强的气场
给予我们最大的养分

身为女子

脚下的路

没人替你决定方向

心中的伤

没人替你抚平痛楚

眼中的泪滴

没有人会替你擦干

经历了聚散流年

体会了人情冷暖

习惯了物是人非

接受了万千悲喜

学会了自我治愈

有苦，自我排解释放

有泪，欣然吞噬品尝

风吹雨打知生活

苦尽甘来懂人生

其实人生

就是一番番感受与领悟

一番番蜕变与涅槃

一次次懂得与领会

一场场下注与挑战

坚强、傲气、尊严

挚友跟前

我时而英姿飒爽

时而豁达欢脱

时而喧闹俏皮

一副天不怕地不怕的样子

跌宕得失满不在乎的样子

也如男儿一般

有泪不轻弹

泪，只往心灵的深处流

痛，只留给漫长的黑夜

假如我不经意间

放下过自尊

放下过傲气

我想

那一定是我爱得那样深沉

假如女子不得已选择坚强

请你相信

她

定是知道了生活和爱的真相

善待自己

腾挪出一个下午，给自己
泡一杯茶
菊花或者茉莉
然后，用最舒服的姿势
靠在藤椅上，品味

用迷离的眼，送走往事
送走别人的冷眼和算计
让痛苦和伤害，如鸿毛
随风飘去

面带幸福的微笑，回味友谊
那些让你愉悦的人或事
内心的光亮长明不熄
未来的日子会洒满阳光

喝一杯下午茶吧！
还有希望，还有激情
还有余生的美好憧憬
喝一杯下午茶吧！
还有健康，还有敏捷
还有勤奋不息的品行

让心吹风

命运无常，陷阱和波折
会突然出现，让人措手不及
躁动与烦闷，常常会潜入内心
攻城略地

请开启一扇窗吧！让心吹风
让清凉来一次降温

让平淡来一次洗涤
让宁静再一次回归
让踏实又一次开启

不在别人的矛下流血
微笑是最好的铠甲
开心拥抱生活

走出最宽广的道路

中　年

"不惑"
多么佩服古人的睿智
一种豁然开朗的清光
洞彻心扉

已经走过冗长的路
已经绕过无数的弯
所有的沟坎都变得平坦
所有的浮华都成为云烟

亲情是最舒适的家园
只想变身灯盏
让家人们感受光亮的存在

只想化作绿叶
让家人们感受生命的陪伴

随遇而安是最信奉的经典
做自己喜欢的事，读书写作
让心灵有安适的港湾
沉浸丹青艺苑
让生活高雅脱俗

经营生命
不论张弛，都有优美的弧度
守候心灵
不论冷暖，都有明媚的阳光

懂　你

期待一场邂逅
不奢望轰轰烈烈
只祈求尘缘素有

紧掩的门扉
被轻轻叩响
雨中的黄昏

传来烛光的温热

我从寂寞的小屋醒来
因为懂我

你备好了满腹的独白
你的付出，让时光
布满春天的景观

给心灵松绑

学会放手
与过往握手言和
走出纠结的场
拥抱天地的开阔

学会摆渡
在得失的海洋里
握紧罗盘

让快乐的心情
畅行无阻

活出自己想要的样子
随心，随意

轻轻地走过一段段旅程
淡然，泰然

晚　秋

祈求这场寒雨
不要寂灭了我流年中的心事
一道心仪的风景
正从远处赶来

为了这难得的相遇
我已在此久久守候
为此，我愿在
平凡烟火中栖居
也愿意

捧出余生的温婉

解　药

当你握紧双手
里面什么都没有
你打开双手
世界就在你手中

沉湎于不幸
永远无法解脱

能够决然地松手
便是满眼的春暖花开

一直向前
就没有跨不过的坎

生活的诗意
根植于不老的心态

不倾诉

把一种隐痛
藏在内心
把一抹微笑
戴在脸上
面对活着的表里
没有其他选择

咬紧牙关
无视内心在淌血

挽起袖子
拼命扛起生活的重担
世道的冷暖，从没预留
逃避的巷口

对人微笑是一种勇气
对己微笑是一种智慧

淡然度过自己的兵荒马乱
不倾诉的过程

写满疗伤的功效

成年人的情绪

生活的智慧
在于滤出杂质
不稳定的情绪
便是杂质之一

情绪藏在心里
喜怒不形于色

即使一边崩溃
也会,一边自愈

学会放下面子
就会撑起里子

学会控制情绪
就是一个成熟的成年人

心　宽

世界很大
打开门走出去
眼界就宽了
敞开心扉让春风吹进来
胸怀就广了

溪水流过泥潭,流过险滩
不断地沉淀污浊

保持纯洁的本性
不断地磨炼胆量
增强生活的勇气
所有的过往都是历练
所有的磨难都是桥梁

只要一直奔向前方
心中就有足够的光亮

爱与成长

选　择

与凤凰同飞

必是俊鸟

与虎狼同行

必是猛兽

不要费力去追一匹马

用追马的时间种草

待到春暖花开时

就会有一群骏马任你挑选

用读书去提升自己的能力

待到时机成熟时

就有正能量的朋友与你同行

温暖的心

面对良师益友

有句话，常常在耳畔回响

"我们都是风雪中的赶路人

因相遇摩擦

融化了彼此肩头的雪花"

面对良师益友

我的心时刻温暖着

我的眼中充满风景

我感知到这个世界的善与美

我有了抵御寒冷的能力

岁月沧桑

却从不荒凉

即使身处风雪

也怀揣诗意的浪漫

面对冷暖交替

永葆一颗平常心

面对曲终人散

也要淡然承担

在浅笑的优雅中

寂寞和忧伤

悄然释怀

人生仿若一朵雪花

拼尽全力

只为绽放时刻的舒展

任心中情愫

与时光结缘

在静静流淌中

充盈蓬勃的信念

朋　友

三毛说：朋友中的极品

便如好茶

清香袅袅

似水长流

任影是我初中同学

儿子结婚时

她提前到场

忙前忙后

陈福陈总，更让我感动

在儿子结婚时携全家赶来

晚上九点还在帮忙打扫

陈总夫人的贤惠

女儿陈娟的孝顺

更是那么可贵

真正的朋友是需要时的出手

是困顿时的陪伴

北京李胜明李总

为小儿送体温表

送水、送牛奶

给儿子买牛肉

买锅、买菜

真挚的友情

要永远珍惜

真心的帮助

要永远铭记

珍　惜

不悔与你微信上斗气

冷战好像也是缘分

在微信上

与你遥遥相惜

在手机上

关注你的动态

等待你的信息

心里都升腾暖意

爱一个人

真的不需要理由

你虽在千里之外

却在我心里生根

此生遇见你

不说永远

只道珍惜

大千世界

能够相遇

能够彼此信任

这说起来

该是怎样的感动

该是怎样的不易

感谢你多次安慰、指引

未来的日子

一路有你

且行且珍惜

心　间

时光流转

人生的渡口

全是过客

你的出现

是一个例外

在我心中留痕

珍惜今生

今生定个目标
争取完成心愿
不把来世当天堂
那只是自欺的虚幻

善待自己
让心情好整以暇

用从容的步履
在日月交替里穿行

珍惜今生所爱
编织亲情友情的花环
让幸福的源泉
拂去每天的尘埃

境　界

见或不见，依然思念
联不联系，都没忘记

生命中的好友
即使不联系
心里也有他的位置
真正的情感
即使岁月搁浅
也不会有所消减

愿千里之外的朋友

天冷记得加衣
累了记得休息
别总熬夜
一定照顾好自己

愿岁月可回首
且以深情共长久
愿我们与挚友
互相支撑
天长地久

素 心

冬天里写作
还要照顾"阳"了的亲人
不仅要煎熬中药
搭配饮食
还要逗着他们高兴
聊些轻松的话题

每天藏起辛苦
嘴上哼着歌
心中做着祈祷
经过过滤
生活如此简素

——唯余烟火和亲情

心安顿下来
平素如细瘦的河流
降水久违
默然静流

风雪已来
无力回绝
一颗素心
足够应付

悔

那时不明白
孩子一进我的书房
就是一顿训斥

现在明白了
即便孙儿搅扰了我的思路

我也满心欢喜

唉！可惜
糊涂变明白
耗去我半生光阴

疫情之下

疫情之下
担心在京的小儿子
又要照顾"阳"了的家人

寒潮会过去
疫情也会过去
一切都会过去
生活还会明朗灿烂

就像艾青说的
"人间没有永恒的夜晚
世界没有永恒的冬天"
外面再寒冷
心有暖阳就好

没有过不去的坎
人若安好
就是晴天

新年钟声

年轻不识愁的时光
蕴含着诗意之美
洋溢着青春洒脱之气
年轻给予我由衷的浪漫
也给予我最美的容颜

时光飞逝，幸而今
虽已中年
朝气犹在

初心未改

偶见庆祝元旦现场
蓦然惊觉
又站在了
年轮交替的节点

想起经历的种种
有些莫名的伤感

忽然感佩普希金语句——

而那过去了的，

就会成为亲切的怀恋

经历了 365 个日子

纵是无奈

也终成生命的历练

歌德有句名言

"人之幸福，全在于心之幸福"

就让自己深怀感恩之心

去感谢倾情帮助支持我的亲朋吧

感谢文字的陪伴

感谢亲友的支持

2023 年即将来临

让我们怀着对岁月的敬意

静听新年的钟声

迎接美好的生活吧

平安夜的思念

在寒意很浓的冬天

平安夜悄然来临

这虽是西方的节日

但对平安健康的期盼

成了我们共同的心愿

我更是思念在北京的孩子

愿我的孩子坚强度过"阳"的坎

愿我儿一切安好

经历了疫情的波折

经历了照顾生病的大儿子的过程

我明白平安健康的可贵

把对小儿的惦记

化作殷殷的祝福

祝愿他平安健康，快乐幸福

同时也祈求把平安

送给身边的每一位亲朋

平安夜

愿良师益友们珍重安好

唯　静

春节将至
身边的家人们都"阳"了
我要照顾他们的生活
又惦念远在北京的小儿

还好我多年坚持写作
养成了"静"的功夫
心不凌乱
安静地打理着一切

经常向中医杨教授咨询
购置合适的药物
安慰身边的亲人
电话叮嘱小儿保护好自己

感谢"静"
让我遇事不慌
游刃有余

灵　犀

白落梅在《你若安好，便是晴
天》里说：
真正的情，清清淡淡
平平整整，安安静静地摆在那里
从来都不需要太用力

经常聚的人
不一定全能走进心里
而与他23年不见

友情却始终都在
特别认可一段话
"关注你的人
看的不是微信
而是你的世界
在乎你的人
读的不是文字
而是你的心情"

我与他即使天各一方

惦念也一直都在

我们不在彼此的交际圈

却各自在对方的生命里

我们即使久不联系

也不会相忘

做最好的自己

时光无声

陪我们走过悲欢苦乐

走过春夏秋冬

一些东西被带走了

一些成了深刻的记忆

最美的风景

是缘与遇见

感谢一路同行的良师益友

我们一起熬过了艰难的一年

一份感动暖在心怀

2023 年到来之际

过去一年明白了健康最重要

若是照顾不好身体

一切都是空谈

愿所有的不快随风飘走

未来的日子

让我们活得随性舒展

让我们保持赤诚温良

人生这场旅行中

开心做最好的自己！

童年的小河

玉兔还没收起微笑

你便醒来了

睡眼惺忪地揉一揉眼睛

漾起满脸笑纹

掷一颗石子

向你问好

你送我两个圆圆的酒窝

风儿来了

和你轻轻耳语

船来了

带来了满船的菱歌

载着一船月光

向岁月的纵深处驶去

热爱生活

一个人的贵气

不是以金钱来衡量的

一个人的魅力

来自对生活的热爱

热爱生活

就不会觉得生活苦

而是觉得处处充满诗意

热爱生活

才可以充满活力

永怀勇往直前的信念

热　爱

外界有凄风冷雨

内心有坚强刚毅

即使承受了今天的刻薄与荒芜

依旧奔向明天的希冀和旅途

只有热爱这个世界

才是真正的活着

即使伤痕累累

也要坦然地歌唱

微　笑

筑起心的牢笼

自由的思想就上了枷锁

心的方向错了

我们就失去了微笑的愉悦

敞开心扉

就迎来阳光的殿堂

捧出微笑

就是春暖花开的乐章

微笑

生活就翩翩起舞

微笑

旅途就光风霁月

觉　醒

不需要督促

亦无须引诱

励志塑造"新我"

内心便觉醒了

做个有梦者

绘出自己想要的样子

做个规划师

列出抵达彼岸的步骤

然后

就做个水手

执桨在手

砥砺前行

心 灵

心灵是有境界的
境界又是多元的

有敬畏之心
就有了清醒和勤奋
有悲悯之心
就有了友爱和善良

有宽容之心
就有了博大和远见

在磨砺中修炼吧
我们的心灵会纯净而美好

爱过就好

想起张爱玲的语句——
爱情在动静之间
缘分在聚散之间
再不深陷于背叛、欺骗带来的伤害
有文字的抚慰就好

三毛也说：人间聚散无常
而我唯一能做到的，只有服从命
运的安排
一想到你曾经的誓言
我就告诉自己
爱过就好

承 受

经历坎坷与挫折

才能在淬炼中成长

苦难的袭击

只能让灵魂更坚韧

河蚌承受了折磨

才育出璀璨的珍珠

人只有承受痛苦

才能穿破人生黑暗

自 己

面对有限的生命

王小波有这样的感叹

"一个人只拥有此生此世

是不够的"

那我们就去拓展生命的宽度吧！

亦舒的一句话

像一盏高悬的星灯

"我的归宿

就是健康与才干！"

是的

那我们就关爱健康吧！

拥有健康

我们就有了增长才干的资本

就能努力拼搏

有一句励志话这样说

"将来的你

一定会感激现在努力的自己"

让我们努力吧！

靠自己

不苟且，心就有方向
敢拼搏，人就有未来
心宽一点，生活报你以微笑
努力一点，世界馈你以成果

记住一句话
——路在脚下
人只有靠自己
才能成为赢家

苦乐相依

世事无常
苦乐相依
面对伤痛
咬牙也要扛着
面对委屈
再难也要受着

人只有经历挫折痛苦
才能变得刚毅坚强
就像海明威所说
"生活总是让我们遍体鳞伤
但到后来，那些受伤的地方
一定会变成我们最强壮的地方"

用微笑迎接苦难
用成熟驾驭心态
在苦乐相交的生活中历练
就会有美好的人生

奥斯特洛夫斯基说过
"人的生命似洪水奔流
不遇着岛屿和暗礁
难以激起美丽的浪花"
愿我们扛得住痛苦
受得住煎熬
享受快乐人生

微　笑

面对无情伤害
有微笑陪着
心灵便会自愈
自己的岁月便一路阳光

看淡失与得
心境自然晴朗
感情不可强求

属于自己的永远都在

要学会放下
顺其自然地活着
让开心成为一种习惯
善待生活
就是善待自己

责　任

任谁都有困难
面对责任
即便再难
也要承担

面对自己的命运

要勇敢担起责任
倦累时
学会放松休息
恢复后
立刻登攀不止

勇 气

有梦就去追

有愿望就去实现

做决断就要坚定果敢

向前行就要披荆斩棘

举世而誉之而不加劝

举世而非之而不加沮

特立独行

便是亮丽的风景

丰 盈

让灵魂染一缕书香

在书籍中徜徉

远离烦琐与喧嚣

不惧旅途的孤寂

在诗书里

知音芸芸

在恬淡的文字中

切磋人生的智慧

让灵魂染一缕烟火香

有饭果腹

足以抵御风霜雨雪

拥有健康的体魄

才可拥抱流年的洗礼

保持初心

活出自我

身在江湖奔波

心向往诗与远方

攀　登

向优秀的人靠拢

才会懂得上进

拥有格局

才会提高能力

和优秀的人合作

才可学到知识

增长阅历

才可获得能量

蓬勃向上

余生

我会与优秀的人同行

一路向上

一路向上

心　路

渡人容易，渡心难

人生最难走的是心路

有时绕不过

有时更迷途

我不怕身累

就怕心累

面对背叛

迈过坎很难

直到熬着

把它看淡

把生死看淡

犹如过关

好在看淡了

好在过关了

今后的心路

宽阔又平坦

疏　远

不要把负能量的人
请进你的生命圈子
他伤害的不仅是他自己
也会让正常的磁场
变得扭曲

远离一味索取的人
那不良的居心

不但索取钱财
更能让善良耗损

拒绝无效社交
珍惜有限生命
远离垃圾人
让余生充满快乐

知　己

知己是浓的
浓情浓意浓酒浆
连你为我写的诗
都经年回甘

知己是这世上
另外一个自己
一个灵魂
两个身体
情谊慢慢将岁月拉长

在两颗心上辛勤耕耘
春种秋收
知己不分性别
用心灵传递温暖、温馨、温情
远比用体温传递更暖
也让我想与你低语诉说

当一切如镜花水月般消散
昔日时光却鲜明如初
当过往的时光远了又近了

当头顶的星光近了又远了

才披衣惊看神秘窗外

才察觉往事并不如烟

知己是红泥小火炉里的橄榄碳

兽头吐着缕缕幽香

将一旁的笔砚晕染

汝窑的杯中映着一朵落梅

远处传来竹笛的声音

你说这叫玉笛谁家听落梅

有那么一刻万籁俱寂

只有彼此缠绕的两颗真心

纵使周遭寒彻，心中也能温暖如春

每一声问候

都在心底泛起涟漪

都在我的灵魂深处

引发山崩海啸般的共振

每一次交流

都镌刻成内心的永久

你踏歌而来又乘风而去

陪我将所有的风景看透

知己情，比千尺潭水更深

比我眸中的一轮秋月更皎洁

道一声懂你，我的知己

没有太多的言语

当人生的小船无奈地搁浅

你便是我心灵唯一的港湾

彼此搀扶着走过人生的险滩

来到渡口的芳草岸

看池塘涨春绿

春庭百花喧

我的灵魂伴侣

我的灵魂伴侣

——那个有着一腔热血

能够伴随我走上生命的旅途

用心灵感受所有的无常和悲喜

共同面对人生的孤独

分担生活的苦涩

痛惜彼此的艰难境遇

——我的灵魂伴侣

此生或许并不在一起

但两个灵魂始终合一

有了你的存在

希冀就不再单一

能够并肩双飞

让生命成为传奇

我会努力成为你期许的样子

活出那抹生命的亮丽

独特且唯一

我的灵魂伴侣

默契的情意绵绵如织

我们隐秘于灵魂深处

属于山河，属于大地

让我们在盛开的年轮里

从此不惧枯萎和老去

我的灵魂伴侣

仿佛你的存在，你的到来

只为寻找我的影踪

无论是贫穷还是富裕

是健康还是疾病

在世人的眼里

我们同候鸟一样双飞比翼

展示着生命的意义

我的灵魂伴侣

似乎有着看透生死的魔力

让无力者有力

让悲观者充满前行的动力

不需要海誓山盟的承诺

不需要一纸婚书的束缚

我也会笃定地知道

你属于我，我属于你

让我们的生命共同绽放出

精彩与华丽

这就是我的灵魂伴侣

红尘的另一个自己

我期望这份爱恋能够感天动地

我将献出我的芳心

时刻为你保管得妥当甜蜜

超脱的灵魂

感情总是那样神奇
怎能用话语说清
只有用灵魂品味
你的善良和诗的含义

你的字里行间
都牵动着我的心
如酒如蜜如品茗
诉说的都是最美情谊

你关心偏爱的语言
温暖了我痛苦的经历
让我在灰暗的岁月里
得以慰藉

一如你我交流时的缠绵
温柔了寒冷岁月
让我重新找回自信
满怀梦想走过南北东西

女人，你的名字不是弱者
每一个女人
都要争做生活的强者
爱己，也爱人
保持积极乐观的心态

无论任何时候
都保持对人生蓬勃的希望
无论经历多少风雨和迷茫
内心的灯盏始终明亮

相信终有冲破雾霭
阳光灿烂的一刻
爱自己是一种能力
只有拥有爱自己的能力
才能更好地去爱别人
拥有爱的能力
是对生命最好的感恩

为自己而活

生活有太多的无可奈何
不是所有的疲惫
都可以在夜幕降临的时候
悄然逝去

能言明的苦楚不算苦楚
能够说得出的委屈不是委屈
人生的苦楚
本就说不清道不明

人苦在心里，难有回甘
无处可依，无处可诉
像是裹挟在暗夜里的那抹微凉
淡淡似愁

读懂它需要足够的智慧
理解它需要宽广的胸怀
享受它需要良好的心态
爱上它需要用心的经营

唯有经历过痛苦和疲惫
才能明白静坐释怀的可贵
无论白天有过怎样的际遇

狼狈不堪或心酸无奈
都请在夜色如水的时候
让自己褪去一天的尘埃
在一个人的时光中
静静地安抚自己的心灵
让岁月的创伤得以自愈

用一颗宽容的心
包裹心底的痛苦和不堪
哪怕独自向夜低诉
也要有明月般透亮的心境
敢于向生活亮剑
敢于活给自己看

无论经历怎样的磨难与坎坷
都要相信自己
事不强求，人不强留
让自己保持一颗纯粹的心
不被岁月的烟火迷了心智
仰不愧于天，俯不怍于地

时间从不会停下脚步
我们也无须因为

生活的考验就停止不前

所有的无奈和伤害

最终都会成为生命的滋养

助你花开绚烂，精彩无限

香气的灵魂

生命如海

人如海上漂浮的一叶扁舟

海上表面风平浪静

内里却险象丛生

时刻准备打响生命的保卫战

随时都要抵御风暴的偷袭

不经历风雨，怎能见彩虹

不经历严寒，怎迎来小阳春

苦难无常

却也只是暂时的

是生命对我们的小小考验

它想要一探究竟

看我们在面对困难时

如何顽强不屈

没有谁的人生能够一马平川

身处逆境之中

更要坚挺坦然

做个低调的人

温柔而有力量

低调的人都很谦卑

不因一时的失败而耿耿于怀

低调的人都很温和

所有的轰轰烈烈到最后

都会归于沉寂

低调的人都很豁达

不会刻意炫耀自己得到的

因此，做个低调的人

温柔而有力量

灵魂是一个人的根

灵魂也是种子

可以在知识之水的浇灌下

成长为参天大树

若以善良浇灌

便会开出美丽的花朵

117

带来满室馨香

若以邪恶浇灌

便会长出寂寥的野草

带来遍地荒芜

再惊艳的容颜

也会随着时光迁徙变得衰老

只有散发着香气的灵魂

才会随着岁月更迭，沁人心脾

有香气的灵魂

从来都是含蓄而内敛

香气并不浓烈，却令人久闻不厌

只有这样的灵魂

才能在生命里慢慢地沉淀

以自身的力量驱除黑暗

展露出光明、干净与纯澈

灵魂有香气的人

如梅花一般高洁清丽

有着顽强的生命力

秉持低调的处世哲学

以出世之姿做入世之事

让灵魂变得馥郁而丰盈

无论世事艰辛与否

眼底都有繁花万朵

内心皆是星辰大海

生命里自带一股梅香

迎寒而立，傲骨芬芳

灵魂安静

灵魂安静如白雪

任世事如何变迁

始终不染一点尘埃

安静是一种姿态

是一种过尽千帆的淡然

安静是生命最真的底色

是岁月最美的留白

当灵魂深处安静下来

闭上眼睛体察心中的世界

静下心，便能听到最美的声音

抬起头，便会顿悟生命的意义

安静不是乏味

而是淡看种种是非

细品人世春花秋月

真正的安静是以平淡的心

去接纳生活的馈赠

多年后在灯下细细回味

慢慢把玩

最后会心一笑

感叹岁月静好

每个人灵魂深处

总是渴盼一份安静

即便遭遇风波和背叛

也不失进退裕如的从容

致承受力强的女人

承受力强的女人

大多温暖善良

内心如同清澈的湖水

她们不为权贵折腰

不恋慕世上的浮华

只醉心于诗情画意的世界

对个人的伤痛毫不介怀

从笔下流淌出清韵的文字

彰显灵魂的馥郁灵动

先贤仁圣汇聚于其俊秀的笔尖

只有在诗书翰墨间心静如水

才能守在文墨里徜徉

笑迎世上各种眼光的打量

不慌，亦不惧

承受力强的女人

灵魂自带光芒

愿所有的女人

都能走进诗情画意的世界

愿她们心灵深处

有爱有诗，更有人性的纯美

愿她们人生如画如诗

更如小令一样灵动

承受力强的女人别有韵味

总能让人在不知不觉中沉醉

相信你也能拥有

这人性的美好

那是在豁达隐忍的前提之下

笑看人生繁华的底气

承受力强的女人站着不说话
就能芬芳整个世间
是人间一道天然的
静美的风景线

女人只有承受生活的苦难
才能迎来人生的蝶变

不让自己变得强大
怎能得到岁月的奖赏

守不住寂寞芳华
灵魂怎能变得生动有趣
不要向生活低头
做事要进退有度
做人要光风霁月

才能成为灵魂有香气的女子
馥郁斑斓，玉骨冰清

做智慧的女人

世上没有绝对的感同身受
只有如人饮水冷暖自知
不要再为了他人的虚伪而委屈
自己
无须活在别人的看法之中

自己才是自己人生的主宰
不与顽石争高下
是一种人生智慧

你就是你，独一无二的你

做一个智慧的女人
缘分来时深情相拥
缘分尽了各自安好

无法挽留住感情，就放手
放过别人也放过自己
与其留住一个人的躯壳
不如放开两个原本不羁的灵魂

我喜欢写诗

我喜欢写诗
因为它是我心灵的牧歌
感情的天火
为了写出石破天惊的句子
十年磨一剑
说不尽的悲哀苦楚
孤独与缠绵交织

与诗相伴是最美的人生
诗酒年华暖君心
把诗句衔在唇齿间
反复诵读
像衔着一枚橄榄

生命，从诗中感悟
宇宙，从诗中读懂
在诗的加持下
拓宽了生存的空间
拔高了思想的维度

我的灵性在清词丽句里
在重重笔墨间游走
在动人的诗行里，我懂得了

晓镜不愁云鬓改
夜吟未觉月光寒

我喜欢写诗
因为它是心的独语
爱的诉说

我不称赞无痛苦的人生
我不奢望无眼泪的幸福
如果我由于受伤而流泪
那是因为我曾拥有一份
因错过而美丽的遗憾

虽然为失去爱而肝肠寸断
虽然为情逝去而流泪
但从前的事
谁又能参透个中玄机？
诗一样的人生
就算伴随着眼泪
也是一种美丽，一种风情
爱情的美丽
在于它的真挚
我不再觉得遗憾

121

也不再徘徊无奈
我深知生活的路还很长

把人生的感悟融进诗行

把苦涩的相思写入生命
从此，我以王宏为名
我以纸笔为媒
去延长诗的生命与爱情

灵魂知己

一颗赤诚之心
装着纯洁的灵魂
我的人生
一路有你
便有了灵魂交流

芸芸众生，汲汲富贵
我被裹挟其中
无力自拔
庸碌于尘世而迷途
浑浑噩噩

你把我敲醒
让我顿悟与自省
让我在未知的领域
充满好奇，找到道路
重拾初心

推开新世界的大门
一束灿烂的光
照亮我的心态
那些贪嗔痴恨、蒙尘人生
得到改变

生命撰写的激情
在繁忙的事务中被点燃
灵魂不再孤单
你一路的陪伴
如春风拂面

理想的爱
是心的相守
灵魂的相依
爱，让心轻盈

不羁与纵容

敏感和猜忌

都被你的善良抚平

灵魂升华的圣洁之爱

是那么美好和谐

共同喜好的交流

感受彼此的同频

人间灵魂的守护

是心灵相依的底气

两心如一的牵念

蹉跎成岁月的唯美

关山迢递

遥远的凄美

有暗香浮动

彼此珍重的慈悲

不问缘由的信任

即使年华不在

初心亦不改

你的指引

让心智明亮

我要成长为一棵大树

立于碧海蓝天

风浪不惧

心灵独白

曾踟蹰在梦幻的边缘

在人世间盲目地行走

曾自怜自伤

为虚无的障碍故步自封

曾竭力摒弃世俗之累

却徒劳无功

反而

让我的步履更加沉重

我竭力想让心灵轻盈

然而刻骨铭心的往事

却如影随形

芒刺在背

曾经的记忆

把我掩入茫茫的深夜

是树林间的风

穿过夜空

穿过书房

唤醒我振作的渴望

书房中的纸与笔

助我和大地一起呼吸

创作与阅读

拓展着我的生命

我的血肉来自我脚下的泥土

我变得踏实而厚重

在静静的黑夜

我看清了自己的灵魂

它是一缕风

掠过生命的枝头

它是一束光

照彻黑夜的遮挡

我从书中醒来

背负肉身去履行职责

我觉察到自己的微笑

正化作支点

让我开始与世界保持平衡

别人都赞美我有承受力

只有我自己知道

什么是真正的强大

当用手去触碰笔

在纸上写出诗行

我的内心

才充满难以言说的喜悦

我的灵魂

才获得歌唱的快慰

我独自一人

在人世间行走了许久

看过窗里窗外

云去云来

我无惧将过往的路重走一遍

来来往往

我的脚步紧扣心灵的序章

是终点也是起点

是抗争也是宿命

或许人皆如此

我知道自己正在攀登

过程与缘分也是一种美丽

一个人最重要的
是找到自己的灵魂
一种来自心的牵挂
让我习惯了
把所有的情绪和感悟
诉诸笔端

十多年来的文字积累
让我平添了些许神秘感和危机
这些不断地撞击着我
让我明白世事的无奈
明白生活的新鲜

窗外是流动的夜色
灯下是旖旎的情思
每一处字字句句间
都是一种小心翼翼的组合
有时会突然间发现
那些原本平淡无味的日常
却隐藏着一些赏心悦目的内核

渐渐地，我好像有了领悟
所有传奇的背后

都是平淡的甚至无奈的真实
而这，就是生命的意义
而这所有的美丽
都是那么自然、朴质

人生如一苇渡江
不是红尘中每个人都能有缘相识
缘是两颗行星偶尔的擦肩而过
缘分不是孤独地等待
不是马路求爱者的轻佻
亦不是肆无忌惮地追逐
更不是孤芳自赏者的傲世

我觉得我的每一个字凝结着鲜血
鲜血从心脏出发
流经脑海
再化作我笔尖娟秀的文字

一个人的历史不是用笔写的
而是用生命铺就的
几乎每个人
都可以写一本自己的故事
这故事或平凡或精彩

125

都留下一串鲜活足迹

我重视过程
更珍惜缘分

如果时光走远
岁月改变了我的容颜
我心底依旧有片蔚蓝的天空
依旧美丽如昨

情感的自由

午夜梦回的时候
我曾一次次问自己
在红尘中穿行至今
穿透我内心和灵魂的究竟是什么
或者说
我在商场中奔波
风尘劳碌
究竟想要获得什么

心中的潮水随着外界的变幻涨落
让我也很惶恐
我在追求内心丰盈的同时
是否正堕落为物质的奴隶
成为世人眼中一位精致的利己
者呢?

作为一个喜欢用笔抒情的女性
是否还保持着灵魂的纯净

还在同自己内心的"神"进行着
对话
既然无法将自己与时代分开
又不满足于现有的模式
我问自己
是否有勇气挖掉世俗的墙脚
让那座无形的大厦轰然倒塌

让往事随风飘去
到商业和物质中
去躲避内心的风头
文人们偶然兴之所至
用高谈阔论的方式
来麻醉自己的神经
试图找回一点心灵的纯洁
怀着无边的欲望和忐忑
靠近艺术
并为此而殚精竭虑

我不是真正意义上的文人
但毕生所求的东西
亦觉是无用之物
觉得不带功利性的美
且唯有这种美
才可让我不受拘束
让我的灵魂更自由和惬意

这也许近似于一个穷人
获得了精神上的愉悦和幸福
体现在宽宏的人性之爱中
体现在冷静的宿命无争中

在现实中
我既不是生活的宠儿
也没有被生活所弃
我竭力保持内心的欢愉

孤独的身影背后
蕴藏着火热的情感
行走在爱与恨的边缘
把感悟编织成情感的光环
就像把肉体托付给海洋
把心灵托付给白云
这就是我所向往的自由
最沉重的思想

也是最轻盈的灵魂
我会徜徉于生活中真正的清流中
使自己的灵魂一尘不染
我也会让在孤寂之中
紧握文学那根精神的游丝
攀缘而上

我不会陷入
无所事事的忧患之中
我相信时间的力量
终会荡尽污浊
这条时间之川
将储满精神源头的甘甜
让我挥洒汗水后畅饮

当下的一大命题
是文人们
怎样把控好
物质与精神的分寸
离物质世界太近
红尘万丈
难免让六根沾染尘垢
离精神世界太近
难免有些虚无
思想之树高千仞
亦难以攀缘

唯有谦虚和淡泊的境界　　才是灵魂安稳停泊的港湾

阳光正好，恰逢你到

心中若有阳光
脚下便都是光明正道
眼中也都是世间美好
温暖如雨露般倾洒
快乐如阳光般照耀
脚下的路越走越顺
真诚的心越来越亲

所谓地久天长，都是以心换心
入我心者，重然诺轻生死
不入我心者，江湖两相忘
指缝太宽，时光太瘦
一生很短，莫失莫忘

身在天涯，情在咫尺
若珍惜一个人
便时时感到世间情动
若放弃一个人
则冷如霜冰

在爱里有过迷茫与挣扎
也曾有芳香和淡然
迷茫之后，就获得清醒
挣扎之后，就懂得放弃
拥有芳香，就知道珍惜
淡然心境，曲水流觞

无论生活还是情感
择而不悔，事过无怨
怀感恩的心，才能感受天使之吻
心里有你，自然情动
人生不易，更需且行且惜

你温柔地叮嘱
让我多看书学习
我默默不语
内心却频起涟漪
看似寻常的话里
其中包含了多少在意
你一生放纵不羁

却困于我的情谊

我该为此高兴吗?
亲爱的你
那为什么我也辗转反侧
彻夜难息

每次冷战，你都徘徊室外
心里多少委屈和失望
你没有说，我不敢想

平时每次你给我发视频
多少温暖和深情
尽在其中
冷战时的信息
则暗含了多少风刀霜剑

人生太短，爱上只需一分钟
忘记却要用一辈子
一生一世的情
几人能懂

因为懂得，所以慈悲
懂得是轻柔岁月里

那一缕暗香
平淡生活中的一粥一饭
是繁华落尽后的岁月珍藏
是百转千回后的执着
岁月无声中的深爱

虽然不言不语
但心紧紧相连
相视而笑
感受心灵的陪伴
你是我精神的寄托
你懂我所有的说与未说
你让我的心灵有了归宿
从此不再漂泊

感谢有你
从此岁月不再迷茫
人生不再孤独
所有的千回百转
都有归处
所有的肝肠寸断
有人爱抚

爱是我写给你的那一首首诗篇
是千帆过后，你为我创作的

独属的图案

我把最深的情藏在心中

将愁心寄予明月

将相思安放于天涯

痛过了，才知如何爱你

傻过了，才知该如何坚持和放弃

在拥有和失去中

慢慢地认清自己

懂得珍惜那个灵魂知己

懂得人生需要及时放弃

当花未全开月未圆的时候

我要将自己打磨得更加澄澈

披上一袭月光

走向我心中的你

被轻云遮面的你

被红豆包裹的你

被青丝缠绕的你

身在天涯，情在咫尺的你

我心依然

余生，即便不全让美好占满

我也相信

你以前对我的安慰和鼓励

足以抵挡一切风浪

只是几句软语叮咛

心底就泛起涟漪

清凉中带着忧伤

抚慰我的心灵和神经

余生难免会留有遗憾

让人痛心和伤感

坦然接受自己的不完美

活出自己眼中最漂亮的模样

才不负头顶皑雪，岁月悠长

我不遗憾我此生未能拥有美丽

只庆幸我有一颗善良的心

以及看透生活之后依然热爱的

激情

余生并不适意

坎坷的旅途

注定布满未知的荆棘

我深知无法左右你的喜好

但我已做好了准备

时刻接受生命的无常

你的情于我，总是虚渺

想念和牵挂，早已成为习惯

当我的人生走向沧桑暮年

有你给我的美好回忆便已足够

我们隔着万水千山

期盼岁月向暖

愿我们初心不改

装满内心的温存和良善

那一轮心底的明月

芳菲了生命的芳草岸

余生虽然充满遗憾

但何尝不是人生的另一种圆满

让人更加珍惜生活的千回百转

此生只为一人去

为那一人梦萦魂牵

每次交流

我都感受到生命的纵深里

潜伏的内涵和意义

余生虽然不完美

但真情让我心无遗憾

你一个人手心的温度

足以温暖我余生所有光阴

将世上所有的苦难击穿

我的心再不会冰封

感受你文字中的温热

感受两颗鲜活的心的跳动

不似流水无情

不似光阴薄凉

守住文字和心底的一方净土

守住内心深处的眷恋

任岁月如梭，岁月如磐

任风吹浪卷，我心依然

爱的余生

余生还有多长

我并不知晓

但我知道心底的期许

知道对真情的向往

余生，只愿与心仪的人度过

将有限的生命

投入无尽的感情之海

看生命浸透幸福，自由自在

余生，到底还要带走多少真诚和

失望

到底还有多少惊艳时光让我幻想

多希望余生所愿皆遂

聚也似云，无心飘来

散也似云，自在婉转

余生的心心念念

神明前许过的愿

多希望一一实现

而不是空空往来

空空挂牵

余生，我想洗去铅华

放下不快和纠结

弹去六根沾染的尘灰

褪去鲜衣怒马

捧起清酒淡茶

过去的一切

都如渔樵闲话

未来的岁月

愿一切不再执着

该枯萎的任其枯萎

该放手的将其放下

不再痛彻心扉

不再孤枕难眠

余生只想清丽而温柔

热烈而优雅

将一切献给那个

陪我立黄昏

让我有依偎的他

卸下一身的盔甲

不与世俯仰

不争人短长

只愿与你十指相扣

红尘纵马

与你一起浪迹天涯

欣赏朝晖夕阳

看遍世间繁华

你情所在之处

即我灵魂之所

灵魂的天平

喧嚣的人世间

诗歌是否总显无力

若有人欣赏你的才华

懂得剖析你文字的机理

那当是一种

真正的惺惺相惜

当我看到你为我写的诗歌评析

我感动于你文字的通透

更感动于你对我才华的肯定

对我人格的欣赏

我文中流淌的真情

你尽收眼底

你欣喜地挖掘着我文字的富矿

看着这些炽热的文字

如翻滚的岩浆

如黑金的流淌

从地底喷薄而出

你说过，我的诗中

出现频率最高的一个词

是"灵魂"

由此也激发了你

想去探寻

我"灵魂"深处的世界

想要探寻我心底的那一片洁白

是怎样的存在

你果然是我的知己

觑破了我文字的天机

看出我以诗歌的方式书写真情

也以真情探寻"灵魂"

我不去苛责

这世界把人逼成走兽

133

也理解有些人穷其一生

也无法懂得如何共情

但我终究不同

这世上纵有万紫千红

我只追求热烈的生命

我总在想，人要如何去生活

方能不负此生的灿烂

人到底要怎么爱，怎么活

才能懂得

灵魂之于生命的意义

是人生真正的引领

或许在很多人看来

灵魂是个伪命题

然而对我而言

灵魂是高于肉体的

是至真至贵的精神力量

灵魂决定人的心灵

人的思想、人格、良心和品行

灵魂是生命的主宰

生命的旗帜由它引领

若我的诗歌

是一台灵魂的天平

那么，我将骄傲地告诉你

我把我俩的灵魂都拿去称重了

它们的重量等同

有灵魂的人

有灵魂的人

会时刻反躬自省

当言语对人造成伤害

他们会真诚地忏悔

他们敢于修正思想的轨道

让精神境界不断提升

从而成为灵魂高尚的人

没有灵魂的人

则专门损人利己

如同行尸走肉般活着

让抱薪者冻毙于风雪

让开路者受困于荆棘

此生，唯愿与有灵魂的人

一起共事，同进同退

原因无他，只为
我爱他们身上的爱与慈悲
爱他们给这个世界的无限温情
是他们让这个世界莺飞草长
免于冰冻

我也敬佩有灵魂的人
愿意与他们为友
生命的美好
从来无关财富和美貌
财富会贬值，美貌会消耗
唯有高尚的灵魂和一颗有爱的心
才能让这个世界瞬间复苏

所有心地善良
愿意为他人着想的人
都有一个高尚的灵魂
生存的意义
会超过生命的本身
精神的源泉
会在时间长河里熠熠发光

灵魂的价值
从来不取决于生命的长度
有一天，我们终将离去
判断这一生是否有意义

就看世界是否
曾因你的出现
而变得更加美好
你身边的人
是否因你的存在
而感受过生命的温暖

人生的路上
唯有自我的认知
与自身对支配时间的反思
才是心灵真正的觉醒

感谢我自己
穷其一生
为自己的心灵找到了停靠点
感谢你送我的诗
希望你如诗中所写：
灵魂的交流
灵魂的相依
包容于纵容
共喜同好的交流
感受彼此的同频
人间灵魂的守护
是心灵相依
即使年华不再，初心亦不改

那时，我终年长锁的眉头

迅即舒展开来

我的头顶有青鸟盘旋

心中有清泉涌过

日复一日，年复一年

即便我的头顶已覆满深雪

我的脸庞上依然有着骄傲

珍　惜

我的心被疲惫和孤单浸满

习惯了在人前伪装成幸福的模样

却每每忘记自己身后空无一人

把所有的痛苦

都隐藏在心底的隧道里

爱上一个人，往往身不由己

有些人的山盟海誓

听起来很美

却无法拨动我的心弦

而你的声音

却能轻而易举地抵达我的心底

震撼我的灵魂

让相思落地生根

梦牵魂萦，牵念一生

这就是我的人生

这就是我的宿命

一刹那的心动即是永恒

一刹那的灿烂点亮余生

愿余生没有冷战和沉默

只有彼此珍惜

这就是我能想到的温暖

隔着网络的万水千山

在云端触摸你的温暖

如果无论见与不见

都能永远相依相牵

那此生足矣

从此三千弱水

一生只取一瓢饮

或许在等待你回复时

依然会如同一个怀春的少女那样

忐忑不安

或许正如歌中所唱的那样

只要有爱就有痛

人生若无法避免缺憾

又何必拥有才是圆满

我愿保留这种思念的感受

时时感受心动的涟漪

嘴角上扬的弧度

彰显我不为人知的幸福

若相爱让我们彼此牵挂和思念

我希望这个寒冬

不会再有寒冷

因为我们都将彼此在心底珍藏

最柔软也最温暖

纵使天各一方

你的身影也缭绕在我心头

你在天涯

也在咫尺

你的手在我的手心

你的心在我的心里

醒来时，你是全世界

魂梦里，全世界是你

相爱的人

不一定要在一起

保留那一份朦胧的情感

不让它被流年冲淡

不让它被世俗沾染

不让骄阳晒干它的氤氲

不让岁月减去它的纯真

就让我保持世人眼中的样子吧

只有我自己才知道

卸下盔甲后，我心底的柔软

或许我早已习惯了

一个人扛下所有

我也有力量

将所有的风雨和困苦

一肩扛起

但我知道我心底

贪恋着你的那份爱和柔软

也希望你的心底

流淌对我的爱和怜惜

余生，并不漫长

让我们彼此守望

踏遍生命的河流

守护每一个潮汐和虹霓

相互信任

相互珍惜

秋 念

秋风踽踽而行

无法挽留叶的翠绿

只能任由它们无声无息地

飘落在我的肩头

心中满怀的无奈和不舍

让我的生命变得枯萎

思念入骨的时候

时光也会变慢

该如何将空虚和寂寞

与我的世界隔离

我想起了你

想念你温暖的声音

想在你的文字中取暖

忆君心似东流水

这是我灵魂唯一的滋养

你是我前世的刻骨铭心

今生的死生劫数

思念是甜的

看到你的头像

听到你发来的视频

嘴角就会情不自禁地上扬

情不知所起，知道时

你已是我的救赎

这份情浸透了我的生命

这份缘伴随我的余生

或许你只能伴我一程

但这足以让我念你一生

岁月悠远绵长

你是我穷极一生

未做完的那一场梦

午夜梦回

你的深情将我紧紧缠绕

夜越漫长，梦越缠绵

蚀骨的思念中

更渴望今生梦圆

总觉得你就在我身边

始终在我的心里

这份情感，只应付与诗篇

我只要灵魂之爱

不愿情谊被世俗沾染

纵然美梦难圆

却赋予了我抵御苦难的动力

纵然无法成真

却赋予我苟且生活中

最耀眼的光芒和诗意

且让我一路苟且

一路追梦

如果前路无人为我撑伞

我就学会自己拥抱自己

永不言败

一路向前

附录

以爱之名

2000年夏秋之交，应思萌之邀，和来自全国各地的诗文爱好者分享了中国社会发展的研究成果，同台的嘉宾不仅有解放军原总政文化部部长、著名军旅诗人李瑛，还有中国现代文学研究会原会长、北京师范大学教授王富仁。

挥手告别，不曾想到的是友人之言仍声声在耳，而我们却迷失于天涯，再次相见则已经是十九年之后的仲秋了。厚厚的诗稿是《宏绣龙文》，说不完的是别后的故事，顺着淡淡的墨香，看到的是思萌爱的心声。

人们都说爱情是女人的生命，思萌也不例外，书稿的下册流淌出的是对爱的礼赞，那礼赞是炽热的、滚烫的。《想你》《长夜只为等待》，她用诗向世人宣告她有了《心上的人》。

人生是一场修行，只有在善良的引导下，才能够修得正果。向上提升为善，从心出发为良，善良就是人人向上提升的本质本性，常言道"人之初，性本善"是也。高兴的是思萌是一个不断修行的人，在爱的大道上跋涉，自我完善，使爱没有偏离方向。她的诗集记载了她修行的过程，她明白爱是《缘分》，她懂得两个相爱的人走在一起要互为《灵魂知己》。她能够正确处理《分别与相聚》《短暂与永恒》，最终她找到了《爱的花朵》。

爱，要用善良来驾驭。人也需要爱自己、爱家人、爱社会、爱世界。当人类社会开始构建"命运共同体"，我们需要大爱，大爱无疆！

　　"辛勤耕耘，报效祖国"这是思萌对母亲的誓愿，也是她生活中的写照。思萌不但是一个诗人，也是一个积极、勤奋的创业者，还是一个充满爱心、回报社会的慈善达人。她乐于助人，喜结善缘，积极参与公共事业，为家乡、为社会做出了积极贡献！

　　懂得爱，能够用善良驾驭爱，还可以升华爱，因此，思萌能够拥有爱。

　　以爱之名，人诗合一，这是我对思萌的人和诗的理解！

周鸿陵

2020年5月15日

于北京通州运河河畔

给思萌的一封信

思萌：

　　你好！

　　给你写信的念头很早就有了，可惜一直不知道你的确切地址，不敢贸然提笔。看过你在《明天》杂志上发表的一系列文章，也拜读了你在《世纪风》上的诗作和散文。给你写信，只是单纯地想交你这个朋友。你会乐意的，对吗？

　　毕竟，我们有共同的爱好，都有对生活中美的渴望。

　　很喜欢你发表的那篇《窥视》，我从字里行间读出了你隐藏在文字之中的那种淡淡的悲哀。

　　思萌，你也是孤独的吗？是不是所有孤独的人都在人前无法表露自己的心事，而借助于文字呢？

　　我真的希望我们不只是作者与读者的关系，伸出我的手，你会用力握住吗？

　　我是一个23岁的孩子气还很足的鄂北女孩。爱笑爱闹，更爱一个人独处、发呆，在深圳这个日新月异的都市书写我平淡的人生，已将近五年了，唯一的收获是凭借文字认识了一个又一个新朋友。

　　本准备打你的手机，听一听你的声音，和你聊上一两句，可我担心你在电话的那端不知道我是谁，所以写信给你，先认识你。

　　你好吗？工作忙吗？一切都好吧。说心里话，很佩服你，你走到今天，必定有我想不到的困难。希望有一天你来深圳时会想起来找我，让我们成为真正的朋友。

　　随信寄给你几篇我写的文稿，是为大赛征文写的，文笔粗糙，希望你不会笑我，还望多多指教。谢谢！

含子（深圳）

1998年10月6日

执着的爱

——评诗《爱的圣典》

　　读罢北京女诗人小红[①]的诗《爱的圣典》，不禁生出这样的念头：诗中的女主人公为情而生！

　　全部的喜怒哀乐，暗隐着令人一生都不可破译的情感密码。

　　这首长诗为我们描绘了一对痴情男女执着的爱。也许是因为他们都错过了爱的佳期，所以在相识时都分外感激与珍惜。令她沉醉的不仅是他俊美的容颜，更是他美丽的外表之下忠诚的品质，他的责任感和善良，他的宽容和真诚……总而言之，他给了她如父亲般的疼爱，如大哥般的呵护。相信情场的男男女女经历过这番激情与感动的不计其数，而能用铿锵的诗的语言将这种感受准确又透彻地表达出来的人不是很多。女诗人小红则是其中一位。

　　她用细腻的饱含热情与灵感的诗之笔触，刻画出一个苦中有乐的二人世界，并写出了这个世界中的真爱的灵魂，这就是两个人的心灵真正融为一体了。他与她相互理解、体贴，诗中的女主人公的灵魂为心中的"他"而觉醒："我下定决心重新蜕变自己／与你的爱保持一致／步履不停／做个豁达的女人／呈现给你"。这是爱的表白、爱的升华，这是《爱的圣典》之所以存在的原因。有人说，恋爱对男人来说不是全部，对女人

---

　　①　小红，即本书作者，王洪荣。

来说却是一切。这话从诗中看来真的不假。

女诗人小红化平凡为神奇，将生活中原本平常的细节演绎得无比动人。她用流畅的语言，塑造了一个痴情女子形象。她从"无奈""别离""痛苦的边缘"和"飘散的秋梦"中走来，把"真爱能使人幸福"的真谛诗化为一种空灵的感觉。

《爱的圣典》告诉我们，真正的爱是决心做个豁达的人，并把真正的自己呈现给爱人。它不仅告诉我们适当的分离有助于增强吸引力，更告诉我们爱是经历过苦难、无奈、沉默后选择奉献。这是爱的升华，是世上一切爱的真谛。

周远志

美丽的情感，不羁的灵魂

　　有人说：生活是美的，美好的诗歌必定来自生活。还有人说：痛苦能使人明慧。女诗人思萌的诗正是如此——既来自生活又透射着哲理的闪闪光辉。她的诗多描画女性的心理与情感世界。有对友人的真挚祝福，也有对心中恋人的缱绻情思；有对生活的追求，也有对人生真谛的不息探索。她写真挚的思念之苦，也写不羁的灵魂；她写人生的遗憾，也写这种遗憾所带来的收获。她用质朴的语言，形象生动地刻画出一个无私、豁达、明慧、善良、诚挚的女诗人形象。她热爱生活，对理想执着追求；她爱恋人甚至超过爱自己；她明白爱的真谛不是"垄断"；她善用对话，使"你还那么忙吗"的问候如此亲切。她善用名句，且善化用名句，令人感到亲切的同时又悟透了人生，"相逢一笑泯相思""晓镜不愁云鬓改／夜吟未觉月光寒""涓涓细流不因石而阻／殷殷情谊不因远而疏"的佳句，使人不禁钦佩诗人的大胆点化。

　　总之，她的诗歌在质朴生动的语言中，借铿锵流动的韵律把真挚的情感与对人生哲理的领悟融进诗句里，自出新意。

　　每一位读过思萌情感小诗的人，都莫不被她浓浓的挚情、直击灵魂的倾诉所打动。从她的人生经历便不难看出，她这一首首诗篇一方面来自她对生活的执着热爱，另一方面来自她善于学习的悟性。我们有理由相信，随着她人生境界的提升，她的诗境也必将更加空灵。读者若有兴趣，不妨找一些思萌的散文来读，会发现她内心世界更多的秘密。

周言志

永远的爱

人们在日常生活中，都渴望事物永远美好，情感永恒不变。这是一种朴素的情感。两个相爱的人，在千千万万人之中认定了彼此，从此执子之手，心心相印，许下白头到老的诺言。风风雨雨，生死不渝；恩爱一生，直抵永远。

永远，不仅是一个美好的词汇，更传达出人们对美好的事物能够长久存在的向往。我们用爱守望幸福，在眼神相触的一刹那，仿佛有一道电流，从心灵传递到指尖，身体都是战栗的，眼睛里盈满了泪水，为这天上人间的相知。我们都是孤独的星子，在天上搜寻着另外一颗与自己相似的星子。有人一辈子爱而不得，有人则终于遇见，从此情将二人锁定，爱把二人吞噬。情枷爱锁，患得患失，再不复自由。

二人从此踏上了人生苦旅之中那一叶爱的扁舟，在大海中浮沉，在狂风骤雨中前行。舟行大海，掌舵的却只有我们两人，沿途有数不尽的狂风巨浪，有过不完的暗礁险滩。但无论如何，我们都紧紧相偎。暴风骤雨能够将扁舟打翻，却只会让我们抱得更紧。无论怎样我们都生死不离，我们都永远相爱。风再狂，浪再高，雨再急，我们相爱的心一如初见，永远都是一样。

二十年，相互搀扶走过人生的所有不易；二十年，红袖添香，贫穷富贵，不离不弃；二十年，两颗相爱的真心依然鲜活，初心不改；二十年，我们的头上有了白发，眼角添了皱纹，但心中的名字也经刀劈斧凿、天雷镌刻，变得更深。

二十年，约是人生的四分之一，很长的一段时间。沧海桑田，已是天翻地覆般改变。我们的儿子已读高中，一米八几的个头，是我们生命的延续、爱情的结晶，也是我们人生中最甜美的收获；厂子已经建好，正逢蓬勃发展之际，我们这一生，总算事业有成。

随着年龄的增长，我们也当上了奶奶和爷爷，人生意气风发，结出了累累硕果。极目前方，春正好，风光美，我们两颗相爱的心没变，直到永远永远，永远！

我们的感情随着时光的流逝与日俱增，它不会变淡，反而越来越好，越来越深！我想象不出一旦它出现任何改变和消减我该怎么办，美玲①，它只会傲然矗立直到世界末日！我承诺过你，美玲，无论任何时候，无论我们周遭的环境怎样，我都会初心似铁，让你终身有靠。我这辈子的使命就是爱你，我做到了。我在任何情况下都心坚如铁！爱你之心，永不可破。雷霆万钧都撼不动它分毫。今日，是三八妇女节，祝我的美玲节日快乐！幸福永远！

之　光

2020 年于北京

---

① 美玲，笔者对本书作者的爱称。

心的永恒

我们都是大千世界的芸芸众生，人生相遇即是一种缘分！在数十亿人中相识相知是何等艰难，所以弥足珍贵。我相信世间所有的相遇，都只是久别重逢。美玲，你相信吗？我上辈子便认得你。你是我的灵魂之光，生命之火，欲望之源。这世上千千万万的女子啊，唯有你好。你我相爱，源自人间最美的真情！这份情我将镌刻心底，今生永存。

事实证明，人生的沃土里，一旦撒下真爱的种子，它便会仰承阳光雨露，俯接大地恩泽，生根发芽。随着时光的推移，根，越扎越深；叶，越长越茂。这种人世间最纯洁美好的爱，会让主人的生命日益充盈，更会滋润着主人的心灵，指向明天的幸福。

当然，这种美好的爱在成长过程中，也不可避免地会遇到冬天的冰雪，赶上夏日的骄阳。但这种美好的真爱真情，具有旺盛的生命力。不论是冰雪，还是骄阳，都不能摧毁这美丽的爱情之树。我们早已成为一个整体。

雪过风停，景更美，情更浓。请相信，从你我内心深处生长出来的入血入髓的爱情之树经霜弥茂，而非遇雪凋零。它会在琉璃世界中愈加茂盛，托举出春天里更美的万紫千红。爱过方知情重，醉过情意更浓。你比这个春天更美，这就是心的永恒，这颗心永属于你！

之 光

心之声

亲爱的美玲：

节日快乐！记得二十年前的今天，是我们相识相爱的第一个情人节，我特地买了一朵玫瑰，专程到你的住地献给了你！我记得，当时你笑得甜美，笑得幸福！

时间飞快，转眼已过二十年。容颜已变，心却没变。二十年间，聚少离多。二十年，爱的结晶已长大成人，可亲可爱。这都是你的功劳！你为爱付出，你为爱辛苦，你为爱等待，你为爱幸福！二十年，我们不仅有爱情还有更浓更深的亲情。你说得对，我们是情人，是一辈子的情人。有情人终成眷属，有情人终生相爱，有情人永远恩爱！！

今天是情人节，一个美好的节日，因为疫情我们难得如此美好地相聚，这也给相爱的亲人提供了难得的机缘，天天相聚，恩爱无限。疫情让人们懂得了生命的可贵，生是美好的关键。疫情过后，相爱的人更加珍惜生命，更加懂得爱的不易！

一生相爱，情深无限。我们既是一生的爱人，又是难得的情人。相爱有情爱更美，情深爱浓情才真。祝情人节快乐！

之 光

于 2020 年情人节

致爱妻

亲爱的吾妻：

　　岁月悠悠，时光如梭。二十年转瞬即逝。二十年前，相遇，相识，相爱，用诗交流，以文相和，爱让距离缩短，情使生活甜美。二十年岁月蹉跎，二十年好梦如昨。美丽的爱情花朵，已结出丰硕成果，个头一米八多的儿子，已经读到高中。妻，爱妻！你二十年辛苦，二十年不易，二十年酸甜苦辣，二十年鬓有白发。二十年我们恩爱如初，聚少离多。时光在流逝，生命在消磨，时不我待。要多聚少离，让爱的美好缠绕。今后，要牵着你的手，爬上山，涉过河，望着青天，数着花朵，让生命在大自然的美好风光里尽情绽放，让爱在我们的心中奔涌。永远美丽的妻，你是我心中的虹（宏），我爱你，愿你永远健康，我要时时陪在你的身旁。

之　光

2020 年 8 月 19 日

低 语

他人

一见钟情

开始一段火热的恋情

立下

海誓山盟

而我们

用心灵沟通

心灵深处蕴藏着爱意

无须

做出承诺

因为

彼此的心已交给对方

心灵碰撞

出现爱情的火花

心灵相通

燃起爱火

爱过

方知人间真情

仙女

难在我心里立足

美女

亦无法替代

你在我心中的位置

你虽体胖

但在我心里

是那么得体

你并不漂亮

可在我眼里

最为美丽

爱你之深

无关外表

爱之真切

占据了我的生命

之　光

后记

心灵絮语——如诗洞见

与其说这本小书是诗集，不如说是我心灵的絮语，是灵台上生发的朴素的灵芽，也是我某一时期情感的真实写照，是我剖开自己的灵魂，对自己心灵的洞见。

我是个理想主义者，只有我知道，我内心坚守的是什么。人生百态，无非为了生存。我虽然无法挣脱世俗这张网，却把握住了生命的一台天平——写作。我爱独立的自己，痴情于诗，在人生的风雨兼程中，诗歌是我的寄托，它带给我快乐，让我在尘世中有了坚持下去的勇气。有些诗行，写作时需要用全身的力气，需要一腔孤勇才敢下笔。我的情感诗是我生命的全部。我内心世界的悲欢离合和喜怒哀乐，如同炽热的岩浆。别人也许能感受到这份滚烫，却无法理解我为什么要将灵魂燃烧得如此极致。

这些年，爱过，恨过，怨过，徘徊过，彷徨过，甚至也失望过，自弃过。这些都是人生的旅程，心灵悸动的过程。

"汝果欲学诗，工夫在诗外。"对于我而言，无论是诗内乾坤，还是诗外人生，我都还要进步。幸运的是，我遇到了几位良师益友，他们给我支持、提携、鼓励。

在整理这本诗集的过程中，得到了汪兆骞老师、周鸿陵赐文。牧夫老师为我的另一部诗集《独白》（尚未出版）的下册写了序言《为灵魂安置一个家园》。开篇写道："王宏多想为'灵魂'找一个栖息的家园。王宏也终于将'灵魂'安置在了诗的家园。将'灵魂'安置在诗的家园的王宏，在对感情有了一个交代后，把她的诗集《独白》下册给了我，要我为她的这部诗集写点文字。做完了这些事，她又将本有的豁达、自信、乐观交给了她急匆匆的脚步……""当'灵魂'在深处安静下来，就能听到最美的声音，让'灵魂'像牡丹一样灿烂。诗人王宏将'灵魂'安置在了诗的家园，让我们在诗人王宏'灵魂'的家园里，倾听诗人王宏吟唱的《独白》吧。"这是牧夫老师给我所写序的结尾。

感谢祖国的文明，让我爱上了文学，让灵魂有了光彩，让生命有了意义！

这段文字作为后记吧！

王洪荣

2024 年 5 月 16 日